Михаил Михайлович Пришвин

Женьшень

朝鮮人蔘

ミハイール・プリーシヴィン

岡田和也 訳

未知谷
Publisher Michitani

———— 目 次 ————

IX	VIII	VII	VI	V	IV	III	II	I
79	71	61	48	40	30	24	17	5

XVI	XV	XIV	XIII	XII	XI	X
137	129	121	114	104	96	90

朝鮮人蔘

I

　第三紀の獣たちは、産土《うぶすな》が氷に覆われても、その地を去りませんでしたが、もしも一気に覆われていたなら、虎は、雪の上の自分の足跡を目にし、嘸《さぞ》かし肝を冷やしたでしょう！　怕《こわ》い虎も、世界で最も美しく最も優しく淑《しと》やかな生き物の一つである日本鹿も、樹状の羊歯《しだ》や楤《たら》の木や生命の根として知られる朝鮮人蔘《ジェニシェーニ》と云った驚異の植物も、故地に留まりました。亜熱帯の結氷でさえも獣たちを逐《お》い払えなかったとすれば、地上に於《お》ける人間の力のほどを想わずにはいられません。獣たちは、一九〇四年の満洲に於ける人間の大砲の轟きを遁《のが》れ、その後、遠い北のヤクートの森《タイガー》で虎が目撃されたそうです。私にも、これと似たようなことが起こりました……。私は、死の砲弾が自陣の塹壕《ざんごう》へ唸《うな》りつつ飛来するのを耳にし、今も瞭《はっき》りと憶えていますが、その後のことは、何《ニチェヴォー》も。人は、時にそんなふうに命を殞《お》とすことがあります、何も《ニチェヴォー》！　何時《いつ》しか周《まわ》りの凡《すべ》てが一変し、敵にも味方にも生存者はおらず、辺《あた》りの戦野には、死せる人馬が横たわり、砲弾の薬莢《やっきょう》や挿弾子《クリップ》や烟草《マホールカ》の空の包みが転がり、地面は、私の傍《そば》にあるのと肖《そっく》りな痘痕《あばた》さながらの穴で覆われていました。私は、露日戦争の終熄《しゅうそく》を満洲で迎えると、口径十分の三吋《インチ》の旋条銃《ライフル》の良さそうなのを択《えら》び、銃弾を背嚢《はいのう》へ詰められるだけ詰め、母国を目指して歩き出しました。幼少の頃より未知の自然に憧れていた私は、その途上で何やらお誂《あつら》え向きの楽園に出喰わしたかのようでした。そんな広濶な地は、何処《どこ》にも見たことがありません。樹々の生い茂る山、馬上の人が草にすっぽりと隠れる谷、紅くて大きい焚き火のような花、鳥を想わせる蝶、花に埋もれる川。無垢な自然に抱《いだ》かれて気随気儘に過ごせるそんな機会は、まさに千載一遇！　これとよく似た自然を有する露西亜《ロシヤ》の国境は、そこから遠くありませんでした。そちらへ赴《おもむ》くと、ほどなく小川沿いの沙地《すなぢ》を山へと向かう麕鹿《のろじか》の足跡を幾つも目にしましたが、それは、満洲の移動性の麕鹿や麝香鹿《じゃこうじか》が国境を跨《また》いで北の私たちの国である露西亜へ押し寄せているのでした（原註、鳥の渡りと同様、獣にも渡りがあり、極東ではそれが顕著）。私は、その鹿たちに却々《なかなか》追い附けませんでしたが、或る時、マイヘ川（訳註、沿海地方南部のアルチョーモフカ川の旧称）の水源に當たる峠の向こうの隘《せま》い山径《やまみち》で、遙か頭上の断崖にいる一頭の麕鹿を見掛けました。それは、石の上に彳《た》ち、私を嗅ぎ附け、麕鹿なりに毒突き始めたようでした。その時、私は、すでに乾麵麭《スハーリ》も盡《つ》きており、熟れたものは蹈《ふ》むとぷすっと鳴る白くて丸い茸《きのこ》で二日ほど餓《う》えを凌いでいましたが、それは、酒によく似た刺戟があり、結《けっ》構《こう》食べられました。麕鹿は、饑《ひも》じい私には願ってもない獲物であり、私は、抜かりなくそれを狙い始めました。麕鹿に照星《しょうせい》を銜《は》わせていると、稍々《やや》下の楢《ドゥーブ》の蔭に大きな猪が寝そべっていて麕鹿が私ではなく猪に毒突いているのに気附きました。照星を猪へ移して発砲すると、猪の大群が、何処からか現れて走り出し、私には見えない移動性の麕鹿の群れが、山の峰や吹き晒しの高みに湧き出し、マイヘ川に沿って露西亜の国境のほうへ驀地《まっしぐら》に駆けていくのでした。小さな中国風の畑のある二軒の房子《ファーンザ》（訳註、中国や朝鮮の農家）が、向こうの丘の上に望めました。中国人の主《あるじ》たちは、私の猪を欣んで貰い受け、私に食事を振る舞い、肉と交換に米や粟などの食糧を呉《く》れました。私は、森では銃弾が通貨の代わりになることを知ると、頗《すこぶ》る上機嫌になり、ほどなく露西亜の国境を越え、何処かの山の峰を跨《また》ぎ、青海原を目の前にしました。青海原を高みから瞰《みお》ろすことができさえすれば、獣のように耳を欹《そばだ》てて眠らねばならぬ辛い夜を重ねたり、銃弾で手に入るものだけで喰い繋《つな》いだりすることも、苦になりません。私は、自分をそれこそ世界一の果報者と感じながら、眼下の絶景を心ゆくまで堪能して腹拵えをすると、禿げ山の峰から松林《ケドローヴニク》へ下り、徐々に満洲の沿海地方の天然の広葉樹の森へと分け入りました。私は、素朴な黄檗《きはだ》の樹に忽《たちま》ち魅了されましたが、それは、私たちの国の花楸《ななかまど》によく似ていながら花楸ではなく、黄檗と云う木栓《コルク》の樹なのでした。一本の黄檗の灰色の樹皮に、時経《ふ》りて黒ずんだ露西亜語が刻まれていました。《お前、行くな、首斬り、あるぞ！》どうしたものでしょう？　私は、もう一度読んで一寸《ちょっと》思案すると、森の掟に順《したが》って別の途を探そうと颯《さ》っと踵《きびす》を返しました。誰かが樹の蔭からこちらを窺っており、私が禁札を目にして身を翻すと、その人は、私が険呑ではないと見て樹の蔭から出てくると、私を怕《こわ》がらせないように首を左右に掉《ふ》るのでした。

「行け、行け！《ホヂー》」彼は、私に云いました。

そして、片言《かたこと》の露西亜語で教えてくれました。この峡谷《ラスパードク》は、三年前に中国の猟人に占有され、彼らは、ここで赤鹿《イジューブル》や日本鹿を捕《つか》まえており、あの表示は、余所者《よそもの》がそこを通って獣を愕《おど》かすことがないようにするための虚仮威《こけおど》しなのでした。

「行け、行け！　歩け《グリャーイ》、歩け！」中国人は、頰笑んで私に云いました。「何もなし」まさにその頰笑みが、私を惹き附け、それと同時に、幾らか戸惑わせました。その中国人は、一見すると、単に老いているばかりか、よぼよぼの爺さんにすら想われ、顔は小皺《こじわ》だらけで、肌は土気色をし、やっとそれと分かる目が、古木の樹皮さながらの皺々の皮膚に埋もれているのでしたが、頰笑んだ途端に、美しくて人情味のある目が、黒い焔《ほのお》のように炎《も》え、皺は伸び、唇は色附き、未《ま》だ皓《しろ》い歯が燦《きら》めき、若者らしい爽やかさと子供らしい信じ易さが、満面に広がるのでした。恰《あたか》も、或る植物が、夜間や悪天の際には灰色の蔽いに鎖《とざ》され、好天になると展《ひら》くように。彼は、溢れんばかりの骨肉の情《ロートットヴェンノエ・ヴニマーニエ》を湛《たた》えて、私を見ました。

「一寸、食べたい」彼は、そう云うと、峡谷の小川の畔《ほと》りの鳥足状の大きな葉を持つ満洲胡桃《くるみ》の樹の蔭の自分の小さな房子《ファーンザ》へ、私を誘《いざな》いました。

その家は、古惚けており、葦葺《あしぶ》きの屋根には、颱風避《よ》けの網が掛かり、窓《まど》と扉には、硝子《ガラス》の代わりに紙が張られ、周りには、畑がない代わりに、鋤《すき》や鍬《スコップ》や踏み鍬《ぐわ》や白樺樹皮の匣《はこ》や棒と云った朝鮮人蔘を掘り出すための七つ道具が竝《なら》んでいました。小川は、近くには見當たらず、何処か地下の石の堆《やま》の底を流れていましたが、咫尺《しせき》の間《かん》らしく、房子の扉を開けていると、愉しげながらも可成《かな》りくぐもったお喋《しゃべ》りを想わせる斑《むら》のある潺《せせら》ぎが、常に聞こえてくるのでした。その会話を初めて耳にした時には、恰も、《あの世》が存在しており、凡ての愛し合う人が告別の後に今そこで再会して昼も夜も幾週も幾月も話しが盡きないでいるかのように、想われました。私は、その房子で春秋《とし》を重ねることになりましたが、永い月日が流れても、嘗《かっ》て蟋斯《きりぎりす》や蟋蟀《こおろぎ》や蟬たちの奏楽に馴れて軈《やが》てそれが気にならなくなったようには、その会話に馴れることはありませんでした。それらの楽士たちの音楽は、実に単調なため、ほどなく耳に入らなくなり、それどころか、彼らが専ら自身の血の巡りから周りの意識を逸《そ》らして荒れ野の静寂を彼らなしでは有り得ないほど全きものにするために創造されたようにすら、想われました。けれども、地下の会話は、何時《いっ》も異なり、地下の喚呼は、可成り突飛で無類であったため、私の脳裡を去ることは、竟《つい》にありませんでした。

生命の根の採り手は、私が何処から何のためにここへ来たかを訊ねずに、私に宿と食事を与えてくれました。彼は、腹が満ちて彼を優しく見た私に知己か殆《ほと》んど身内のような頬笑みを返した時に漸《ようや》く、手で西を指して云いました。

「アルセヤ?」

私は、直ぐに意味を察し、応えました。

「ええ、私、露西亜から」

「ぢゃ、あんたのアルセヤ、何処《どこ》?」彼は、訊ねました。

「私のアルセヤ、莫斯科《モスクヴァー》。ぢゃ、お前さんのは?」私は、云いました。

彼は、応えました。

「儂《わし》のアルセヤ、上海《シャンハーイ》」

勿論、端なくも、私たちの《ちゃんぽん》《モヤー・ポ・トゥヴォヤー》語に於いて、中国人の彼にも露西亜人の私にもアルセヤと云う共通の故地があるようなことになったのですが、私は、幾星霜《いくせいそう》を経て、あの小川の畔りの会話と共に、このアルセヤを理解するようになりました。

房子のほんの二十歩ほど先からは、通れない藪原《クレーピ》になっていました。楢《なら》の林や黄檗の樹、椣《しで》や一位《いちい》や板屋楓《いたやかえで》、これらの樹には、朝鮮五味子《ちょうせんごみし》や葡萄の蔓《つる》や棘《とげ》のある植物が、丈が一沙《サー》繩《ジェン》(訳註、二・一三四米《メートル》)もある蓬《よもぎ》や私たちの国では庭にしか見られない紫丁香花《ライラック》と共に、びっしりと巻き附いています。ルゥヴェンは、幾度も水を汲みに下りるうちに径を附け、やっとそれと分かる径は、藪原を迂回してほどなく断崖へ至りますが、そこでは、あの世で交わされるかのような房子の傍で聞こえる凡ての会話が外へ迸《ほとばし》り、奔流が岩の下から現れるや懸崖《けんがい》に打《ぶ》つかって虹の塵となって舞い落ちています。けれども、幅広の切り立った岩も、水がちょろちょろと流れて何時も濡れて光り、それらの数多《あまた》の細流は、下で一つに結ばれて陽気で開豁《かいかつ》な奔流《ほんりゅう》に変わります。決して忘れえぬ、あの至福！　その奔流での水浴びは、苦しい旅を了《お》えた私への何よりの褒美でした！　背後の山の峰の向こうでは、血を吸う蟲の餌食になりましたが、海辺には、もう蚊も虻《あぶ》も蟵《ぶゆ》もいません。水浴びの場所より稍々下《ややしも》の石の中では、渦が巻いており、私は、洗濯物をそこへ放り込んでから《水浴場》へ移って淋浴《シャワー》のように沫《しぶき》を浴びました。落ち水の音は、獣が怕《こわ》がる人間の凡《あら》ゆる音を消し、獣たちは、心置きなく喉を沾《うるお》しに奔流へ近附き、私は、早くもこの沿海地方の森について色々と識ることができました。北緯四十二度の豊饒な太陽の葉洩れ日が、あちらこちらの広葉樹の蔭の陰性植物の草の上に散り敷いていました。沿海地方では、霧の季節の夏に太陽が力と威光を漲《みなぎ》らせて姿を現す日は珍しく、その日に太陽が私を迎えてくれたのは、まさに僥倖でした。もしも日本鹿が身動《みじろ》がずにいたなら、葉洩れ日の中でその紅い毛を覆う斑《まだら》を見分けることは恐らく無理でしたが、鹿たちは、そこらで一寸横になってから起き上がり、斑を葉洩れ日に紛らせて水飲み場へ向かったようでした。東方を訪《おとな》う人で、若き血の滾《たぎ》る時季の牡の角には人に若さと悦びを取り戻させる力のあるこの沿海地方の森の稀少な獣のことを耳に挟まなかった人が、ありましょうか？　私も、中国人が余りにも珍重するのでどんな法螺《ほら》や出鱈目にも耳を傾《かたむ》けてしまうこの獣の袋角《パーントィ》に纏《まつ》わる作り話しを、散々聞かされたものでした。その名にし負う袋角が、水際《みぎわ》の満洲胡桃の二片《ふたひら》の大きな葉の間から現れたのですが、紅らんだ桃色の天鵞絨《ビロード》を想わせるそれは、大きな麗しい灰色の目を持つ生きた頭の上にありました。灰　目《セールイ・グラーズ》と云う名のこの牡鹿が、水面《みなも》へ首を俛《た》れると、もっと麗しいものの灰色ではなく黒いぴかぴかの目を持つ角のない頭が、その脇に現れました。この牝鹿の隣りには、袋角の代わりに細い錐《きり》状の角を持つ若い鹿と未だ迚《とて》も小さいのに成獣と同じような斑を纏う仔鹿がおり、仔鹿は、蹄《ひづめ》を四つとも水に浸して小川へ入りました。そして、小石伝いに一寸づつ歩を運んで私と母鹿の間に佇《た》ち、母鹿が、容子《ようす》を見ようと仔鹿へ目を遣ると、その視線が、沫《しぶき》を浴びる不動の私を捉えました。母鹿は、立ちは可成り小さく、その代わり、耳は、自棄《やけ》に大きくて敏感で用心深く、片耳は、小さな孔が穿《うが》たれて向こうが透けて見えました。私は、それくらいしか特徴を把《つか》めませんでしたが、それほど黒いぴかぴかの麗しい目と云うよりも花に心を奪われたのであり、中国人がこの貴重な鹿を花の鹿《ファルゥ》と称する訣《わけ》が、すとんと肚《はら》に落ちました。そんな花を目にして怕《こわ》い銃を向けた人がいるとは、信じられませんが、小さな銃弾の孔《あな》は、やはり穿《うが》たれているのでした。私たちがどれくらい瞶《みつ》め合っていたかは、分かりませんが、屹度《きっと》、可成り永いこと！私は、息も絶え絶えで次第に苦しくなり、それで、私の目の中の光りの班が動いたのでしよう。花鹿《ファルゥ》は、それに気附くと、小さな尖った蹄を持つ迚《とて》も細い前足を、やおら持ち上げ、折り曲げ、ぴんと伸ばし、ぱんと蹈《ふ》み鳴らしました。すると、灰目も、頭を擡《もた》げ、何やら厭《いと》わしい小兵《こひょう》を高みから見分けるように私を眺め、出自からして生の瑣事に拘《かかずら》うことなどできようもなく、鹿の王たる威厳を保ちながら瞶《みつ》めるのでしたが、高官がちっぽけな請願人に時折り放つ《私は、あなたに何でも為《す》るが、何が問題なのか、早く審《つまび》らかになさい、それは、こちらの仕事ではない！》と云った科白《せりふ》を吐くことは、ありませんでした。花鹿が、足をぱんと蹈み鳴らし、灰目が、天鵞絨《ビロード》のような短い袋角を持つ立派な頭を訝《いぶか》しげに擡げた時、稍々下のほうでは、何やら沢山のものが犇《ひし》めいており、でっかい頭が、他の頭の間から前へ抜け出たかと想うと、背中に革帯《ベルト》みたいに画然《くっきり》とした黒い条《すぢ》のある鹿が、全身を現しました。黒背《チェルノスピーンニク》と云う名のこの牡鹿に邪心のあることは、遠目にも分かり、黒く澱《よど》んだその目には、何やら善《よ》からぬ術数《たくらみ》が窺えるのでした。花鹿の合い図で石と化して私を瞶め始めたのは、黒背の周りにいる凡《すべ》ての鹿ばかりではなく、小川の仔鹿も、成獣に倣《なら》って静止しようとしていました。ところが、仔鹿は、次第に草臥《くたび》れてきたうえに、他の凡ての鹿と同じく壁蝨《だに》に喰われており、怺《こら》え切れずに、足を持ち上げて体を掻《か》いてしまいました。私が、想わず笑みを洩らすと、花鹿が、直ぐに気附き、足を猛然と可成り強く蹈み鳴らしたので、石が、剥《は》がれ、水へ落ち、沫《しぶき》を立てました。それから、花鹿は、ひょいと黒い唇を動かし、人間と肖《そっく》りに口笛を吹き、身を翻して一散に駆け出すと、後に続く鹿が茂みを縫って走る自分に尾《つ》いてこれるように、幅広の白い尻を膨らましました。サヨーク（原註、當歳の鹿）、灰目、黒背、その他の鹿が、母鹿の後に続いて駆け出しました。凡ての鹿が走り去ると、愛らしい牝鹿が、小川の真ん中へ跳び出して佇《たたず》みました。《どうしたの、みんな、何処《どこ》へ行ったの？》と可憐な面差しで問うかのように。その牝鹿は、対岸へ向かってぱっと駆け出し、ほどなく峡谷の断崖の中腹に姿を現し、こちらを瞰《みお》ろすと、また駆け出し、また高みから瞰ろすと、黒い岩と青い空の境の向こうへ消えました。

II

ルゥヴェンは、沿海地方の凄烈な颱風を避けて、自分の小さな房子《ファーンザ》を深い峡谷《ラスパードク》に隠しましたが、峡谷を百米《メートル》ほど上った断崖からは、太平洋が望めました。私たちのチキ・チキ峡谷は、私が鹿と出逢った場所からほど近く、大きなズスへ渓谷《パーヂ》へ続いており、そこで流れがぐっと緩やかになり、渓谷は、徐々に谷間《ドリーナ》と化し、川は、山間《やまあい》の峡谷や渓谷を縫《ぬ》う苦しい奔《はし》りを了《お》えて、安らかに誇らかに大洋へ灑《そそ》いでいるのでした。

私がこのズスへ湾へ辿り着いた翌日、移民を乗せた汽船が到着し、その船は、彼らが身を落ち着けるまで二週間碇泊していましたが、これから述べる私の生に於ける最大の椿事は、その間に起こりました。ズスへ川の流れる谷間は、一面が花に覆われており、私は、夫々《それぞれ》の花が自身を語る物語りの心に沁みる素朴さを知るようになりました。ズスへの花は、どれも小さな日輪であり、日影と大地の出逢いの物語りを余すところなく語っています。私も、このズスへの素朴な花のように自身を語ることができたなら！　淡い青から黒に近いものに至るまでの菖蒲《あやめ》、色取り取りの蘭、黄や紅や橙の百合、それらの間には、撫子《なでしこ》が、鮮紅の星のように鏤《ちりば》められており、谷間のあちらこちらでは、紅と黒の紋の入った黄色いアポロ薄翅白蝶《うすばしろちょう》や虹色の光沢を帯びる赤煉瓦色の小緋縅《こひおどし》や巨きくて目を瞠《みは》る藍色の揚《あ》げ翅《は》蝶と云った花の舞いを想わせる蝶が、素朴で可憐な花を覓《もと》めて翔《と》んでいました。或る蝶は、私はそこで初めて目にしましたが、着水して漂流することができ、そこからまた浮揚して花の海を航《わた》っていくのでした。蜜蜂や雀蜂も、花から花へと舞い移り、白と黒と橙の腹を持つ毛むくじゃらの丸花蜂も、翅音《はおと》を立てていました。或る時、花の杯を覗くと、蜜蜂でも雀蜂でも丸花蜂でもない未見の蜂がいましたが、その名は、今も分かりません。花々の間の地面のあちらこちらでは、捷《はしっこ》い筬虫《おさむし》が蠢《うごめ》き、黒い死出虫《しでむし》が匍《は》い、巨《おお》きなウスーリ大天牛《かみきり》が何時《いつ》でも舞い立って真っ直ぐに翔んでいける構えで身を潜めていました。私には、これらの花々や谷間の沸き返る生の中で自分だけが太陽を直視して花のように素朴に語ることができないように想われました。私は、日影から目を背けながらでしか太陽を語ることができません。私は、人間であり、日影を見れば盲《めし》いとなるため、太陽が照らす凡《すべ》ての色々な物象を骨肉の情《ローットヴェンノエ・ヴニマーニエ》を以て瞶《みつ》めて、それらの凡ての光りを一つに束ねることでしか、語ることができないのです。

私は、房子の上の高い岩から汽船を目にすると、人が戀《こい》しくなり、チキ・チキ峡谷の小川がズスへ川へ灑ぐところまで下りていくと、可成り暑くなって草臥《くたび》れたので、一息吐《つ》きたくなりました。その合流地点の岸辺では、満洲胡桃《くるみ》の若木に葡萄の蔓がびっしりと巻き附いており、日影を透さぬ目の詰まった深緑の天幕と化している樹もありました。私は、そんな天幕の一つに潜り込んで、そこが涼しくて快適ならば、腰を下ろして一憩《やす》みしたいと想いました。地面すれすれまで垂れた迚《とて》も太い葡萄の蔓の網を抜けて潜り込むのは、そう容易ではありませんでしたが、蔓を掻き分けると、巻き附くものに覆われて外からは全く見えない樹の幹の周りに、可成り広くて乾いた地面があり、私は、その爽涼な一隅の石に坐り、灰色の樹の幹へ背を凭《もた》せ掛けました。勿論、天幕の中は、想ったよりも日影が射し込み、緑そのものが燿《かがよ》うかのようであり、あちらこちらに葉洩れ日が落ちていました。辺りは森閑としていたので、稍々《やや》あって誰かが日影を遮《さえぎ》ったり透《とお》したりするかのように何かが葉洩れ日の中で動いたり移動したりするのに気附いた時には、ぎょっとしました。葡萄の嫩枝《わかえだ》をそっと掻き分けると、斑を纏う牝鹿が、ほんの数歩先にいるのでした。幸い、風はこちらへ吹いており、そんな距離なので、鹿の匂いを嗅ぐことすらできました。けれども、風がこちらからあちらへ一吹きしたら、どうなりましょう！　自分が迂闊《うっか》り立てる物音で牝鹿が気附くかも知れないと想うと、ぞっとしました。私は、息を殺し、牝鹿は、凡ての獣と同じように用心深く近附き、一つ歩を運んでは止まり、迚《とて》も長くて敏感な耳を怪しげなほうへ向けています。耳がこちらへ向いたので、万事休すと想われましたが、その刹那、私は、鹿の左耳に銃弾の孔があるのに気附き、それが山間の小川の畔りで私に向かって足を蹈み鳴らした牝鹿であると分かり、知己と出逢ったような歓喜に包まれました。鹿は、訝《いぶか》しげに或いは思案げにあの時と同じように前足を持ち上げて静止しましたが、もしも私の息が葡萄の葉を一片《ひとひら》でも戦《そよ》がせたなら、足を蹈み鳴らして立ち去ったことでしょう。けれども、私は、微動だにせず、牝鹿は、徐《しず》かに足を下ろし、一歩また一歩と逼《せま》ってきました。私は、相手の目を真っ直ぐに瞶《みつ》め、その目を、花として、ズスへの花園での想わぬ発見として、女の顔や茎の尖《さき》に想い描きながら、その麗しさに言葉を失くしていました。すると、私は、花の鹿と云う呼び名が至當であることに更《あらた》めて想い至り、黄色い顔の無名の詩人が千古の昔にその目を見て花と感じ、白い顔の自分も今それを花と感じたと想うと、嬉しくなりました。自分は孤《ひと》りではない、この世には争う余地のないものがある、まさにそれゆえに、嬉しいのでした。中国人が粗野な赤鹿《イジューブル》や西比利亜赤鹿《マラール》ではなくまさにこの鹿の袋角《パーントィ》を特に好む理由も、呑み込めました。慥《たし》かに、この世には、有用で薬効さえある物質が色々とありますが、有用であると同時に非の打ちどころなく美しいものは、極めて稀れです。花鹿《ファルゥ》が、更に何歩か私の天幕へ近附き、ひょいと棹立ちになり、前足を私の頭のずっと上へ持ち上げると、小さくて優美な蹄が、葡萄の絡まりの間からこちらへ突き出ました。日本鹿の好物で私たち人間が食べても可成り美味しい水気のある葡萄の葉を牝鹿が毟《むし》っているのが、聞こえます。私は、乳の滴《したた》る豊かな房を目にし、仔鹿を想い出しましたが、勿論、身を屈めて、仔鹿が何処《どこ》かにいるはずの四囲《あたり》を隙間から覗くことなど、できませんでした。私は、猟人として、つまり、野獣として、そっと身を起こしてぱっと鹿の蹄を摑みたい衝動に、駆られました。腕っ節の強い私なら、蹄の一寸《ちょっと》上を両手で聢《しか》と摑んで相手を組み敷いて革帯《ベルト》で縛り上げることも、できましょう。猟人であれば、獣を捕まえて我が物にしたいと云う私の抑え難い欲望が、分かるはずです。けれども、私の裡《うち》には、美しい瞬間が訪れるならば捕まえる必要はなく、その瞬間を無瑕《むきず》の儘に永遠に心に刻みたいと想う、別の私もいるのでした。勿論、私たちは、みんな人間ですから、誰もが、これを一寸づつ持ち合わせており、幾ら熱心な猟人でも、仕留めた獣が事切れる際には自身の惰弱《だじゃく》な心をやっと支えるものですし、幾ら心優しい詩人でも、花や鳥や鹿を我が物にしたいと想うものです。私は、猟人としての自分をよく辨《わきま》えていましたが、自分の裡に何やら別の人間がいて美やその類いが猟人の私自身の手足を鹿のように縛り得るとは、想いも知りもしませんでした。私の裡では、二人の人間が闘っているのでした。一人は、《その瞬間は、逸したら二度と戻らず、お前は、永遠にそれを戀しがる。匇々《さっさ》と摑んで抑えてしまえ、そうすれば、この世で最も美しい獣である牝の花鹿は、お前のもの》と告げます。別の聲は、《温和しく凝《ぢ》っとしていろ！　美しい瞬間は、手を触れないでこそ、保つことができる》と告げます。これは、猟人が白鳥を撃とうとすると撃たないで一寸待ってと云う哀訴が不意に聞こえてくるお伽噺しに、よく似ています。そして、猟人は、白鳥の裡に王女がいると分かると撃つのを止め、彼の前には、死せる白鳥の代わりに生ける美しい王女が現れるのでした。私は、そのように自分と格闘し、息も継げないほどでした。この闘いに見合うものを得るために、どんな代償を払ったことでしょう！　私は、己れを制し、構《セット》えの姿勢の犬のように顫《ふる》え始めましたが、もしかすると、私の獣めいたこの顫えが、半鐘のように伝わったのかも知れません。花鹿は、葡萄の絡まりから蹄を抜くと、四つ凡《すべ》ての細い足で彳《た》ち、天幕《クーシチャ》の暗がりにいる私の目を凝っと瞶《みつ》め、踵を返して歩き出すと、礑《はた》と足を止めて振り返り、仔鹿が何処からか現れて身を寄せると、一緒に可成り永いこと私の目を瞶め、下野《しもつけ》の茂みの奥へ消えました。

III

毎年、春になると、そして、夏や秋に大水があると、山の森《タイガー》の川は、根元を洗われて颱風に倒された楊《トーポリ》や松《ケードル》や椣《しで》や楡《にれ》と云った森の巨漢を、幾つも海岸へ運んで沙《すな》で覆いますが、余りにも沙が多くて、余りにも永い月日が流れたため、海そのものが後退し、小さな入り江ができています。

海とズスへ川の作用に因《よ》って汀《みぎわ》が半弧を画くまでには、幾百年が過ぎたことでしょう？ 船の汽笛が竟《つい》に海の静寂を破って凡《すべ》ての海豹《あざらし》が愕《おどろ》いて島から水へ跳び込むまでには、幾頭の海獣が入り江の真ん中の石の小島で寝起きしたことでしょう？

汀では、沙に半分埋まった一本の巨木が、化石した怪物の背中のように沙の下から覗いており、樹冠に残る二本の黒い節だらけの大枝が、蒼穹《そら》を水平線まで截ち切るように突き出ていました。小枝には、白くて丸くて愛らしい小匣《こばこ》が吊り下がっていましたが、それは、颱風に打ち上げられた海胆《うに》の殻でした。或る女が、向こう向きに踞《しゃが》んで、その海の賜物を小さな鞄に集めていました。私は、葡萄の絡まる樹の傍にいた優美な獣の鮮烈な印象が残っているせいか、その見知らぬ女が何処《どこ》となく花鹿《ファルゥ》の化身に想われ、こちらを振り向いたならその顔にあの麗しい目が現れるものと信じていました。嵩も形もまるで異なるはずなのになぜそう感じたのかは、未だに謎ですが、私には、こちらを振り向いたなら花鹿が女の姿で現れるに違いないと想われるのでした。すると、そんな予感に応えるように、王女の白鳥のお伽噺しに肖《そっく》りな変身が始まりました。女の目は、花鹿の目に実によく似ているため、毛や黒い唇や敏い耳と云った鹿の他の凡ての部分が、鹿に固有の真と美の妙なる調和もしくは天来の合一と云ったものを保ちながらも、知らず識らず人間味を帯びてくるのでした。女は、ぎょっとして身構えて私を瞶《みつ》め、今にも鹿のように私に向かって足を蹈み鳴らして駆け去りそうでした。幾ら色々な感情が私の心を過《よぎ》っても、幾ら想念が霧のように流れても、そして、そこに不可解で不分明なものの世界に於《お》ける何らかの解《かい》があるとしても、私は、今も完全に的を射た言葉を見出だすことができず、そこに何時《いつ》か私の解放の時が訪れるかどうかも分かりません。自由と云う言葉は、私が隘《せま》い峡谷《ラスパードク》を後にして青海原の彼方まで続く花に埋もれたズスへの谷間《ドリーナ》へ出た時の妙なる状態に最も近い呼称なのかも知れません。

そして、もう一つ極めて重要なのは、二人の人間がいたことです。花鹿が葡萄の絡まりの間から蹄をこちらへ突き出した時、一人は、剛《つよ》い腕で蹄の一寸《ちょっと》上を摑もうとする猟人であり、もう一人は、停まりそうな心臓にその瞬間を永遠に刻もうとする自分でも知らない人間でした。今なら、躊躇《ためら》わずにこう云えます。私は、まさにそのように、まさに熱し難《にく》く自制心の頗《すこぶ》る強い自分でも知らない人間として、女に近附き、女は、直ぐに私を理解した、と。女は、私を理解せずには、私に応えずには、いられませんでした。もしもこれが人生に屢々《しばしば》訪れて常に胸裡に息衝《いきづ》いているならば、私たちは、みんな、何時《いつ》でも何処《どこ》でも凡《あら》ゆる花や白鳥や牝鹿を王女に変えることができ、私と変身した私の王女がズスへの花の谷間や山間《やまあい》や川や小川の畔《ほと》りで暮らしたように暮らすことができましょう。私と女は、旧火山である霧山《トゥマーンナヤ・ゴラー》へも行きましたが、そこでは、今、貴重な日本鹿たちが生を享けています。小さな房子《ファーンザ》で、私たちは、祖先の地下の会話に耳を澄まし、生命の根の採り手であるルゥヴェンは、人間に永遠の美と青春を賜《たまわ》るこの根の途轍もない性質について語りました。彼は、生命の根の粉や袋角《パーントィ》や更には薬効のある何かの茸《きのこ》も見せてくれましたが、私たちが永遠の美と青春の粉を笑いながら乞い需《もと》めると、急に腹を立てて口を利かなくなりました。こちらが彼を信じないで笑っているのが、癇《かん》に障ったのでしょうが、生命の根を見出だすには清らかな良心が欠《か》かせないと信じている彼は、このことを、つまり、私たちも採り手の彼と同じように自らの良心の清らかさに心を向けねばならないことを、気附かせようとしたのかも知れません。或いは、甲羅を経たルゥヴェンは、ここ彼処《かしこ》に亀裂を入れる稲妻を私たちの幸福の中に看て取ったのかも知れません。私の裡には、美しい花鹿と見《まみ》えた時のように、二人の人間が棲んでおり、一人は猟人であり、もう一人は自分でも知らない人間でした。そして、女と二人で花鹿の容子を見にあの葡萄の天幕を目指した時、私は、正確には、全部の私ではなく、猟人の私は、過ちを犯しました。彼女は、憤然《むっ》として態度を一変させました。青天の霹靂《へきれき》が、二人の仲を裂いたようでしたが、私は、気を取り直し、凡てを克服する自分の何時もの高さを取り戻しました。その時、私たちは、葡萄の天幕の中にいましたが、美を恣《ほしいまま》に晒す花鹿が、ひょいと小窗《こまど》から見えました。牝鹿は、仔鹿を連れて森の草地《ポリャーンカ》を横切り、私たちの直ぐ傍で葡萄の葉を食むと、何処か遠くの下野《しもつけ》や鼠子《ねずこ》の茂みの奥へ消えました。私は、取り戻した高さに身を持し、花鹿との出逢いを女に語り始めました。牝鹿が棹立ちで葡萄の絡まりに蹄を突っ込み、私がそれを摑む誘惑を抑えて身を顫わし、美しい瞬間を心に刻むのを自分でも知らない別の誰かが援《たす》け、その褒美のように花の鹿が王女に身を変えたことを……

私は、自分が高さを取り戻せることを、自分の過ちは単なる偶然であって二度と繰り返されないことを、その話しに依って伝えたいのでした。女を見ずに、二人を包む緑か何かに語り掛けるように、語りました。女の目を見ずに、自身の奥底を相手に伝えようとし、竟《つい》にそれを遂げ、これで女の目を真っ直ぐに見ることができ、これでそこに或るものを目にすると想われた時……。私は、そこに青いものを目にすると想っていたのですが、それとは真逆の面妖なものが現れ、そこには、青いものはなく、火があるのでした。女は、紅蓮《ぐれん》のように頰を染め、目を半ば閉じ、草生《くさふ》に横たわりました。その刹那、船の汽笛が鳴りましたが、女は、聞こえるはずなのに、聞こえないようでした。私は、牝鹿と見《まみ》えた時のように身を竦《すく》め、それから、女と共に焔に包まれ、私の一物《メタル》は白熱しましたが、尚《なお》も、凝《ぢ》っと坐り続けていました。すると、二つ目の汽笛が鳴り、女は、身を起こし、髪を直し、私を見ずに出ていきました……

IV

汐鳴りが汀《みぎわ》に佇《た》つ人の心を慰撫するのは、なぜでしょう？　岸打つ波の刻む音は、地球と云う惑星の生の悠久を物語り、波は、さながら惑星の時計であり、その悠久が渚《なぎさ》に転《まろ》ぶ貝や海胆《うに》や海星《ひとで》の間で人の儚い生の刻限と出逢う時、生全体を繞《めぐ》る遐《はる》かな思索が始まり、自身のちっぽけな哀しみは凪《な》いで、それが茫《ぼう》とした何処《どこ》か遠いものに感じられます……

浜辺には、黒い心臓を想わせる石がありました。途方もない颶風が、それを岩から剥《は》いで水中の別の岩の上へぎこちなく置いたらしく、心臓の形の石は、その岩に胸を当てて凝《じ》っとしていると、岸打つ波のせいで微かに動くかに想われました。けれども、そんなことが有り得ましょうか。もしかすると、それは、海と石ではなく、私自身が、心臓の鼓動ゆえに動いており、私は、孤《ひと》りが辛くて人が戀《こい》しい余り、その石を人と看做し、人と共にあるような気がしていたのかも知れません。

石の心臓は、上のほうが黒くて、水際《みずぎわ》の半分が真緑でしたが、それは、緑の藻が、潮が満ちて石がすっぽり水に隠れるとちょいと坐を占め、潮が干《ひ》ると次の潮まで為す術もなくへばり附いているためでした。私は、その石に攀《よ》じ上り、汽船を目で追えるだけ追いました。それから、身を横たえて、暫《しばら》く耳を澄ましましたが、石の心臓は、石なりに鼓動しており、周《まわ》りの凡《すべ》てが、その心臓を透して徐々に私と交わり、凡てが、私のものであり生きたものであると想われるのでした。次第に、凡ては異なり、人は人であり、獣は獣に過ぎず、植物も生なき石もまた然り、と云う自然界について書典で学んだことが、自分のものではなく書より藉《か》りてきたこれら凡てが、熔融《メルトダウン》したかに想われ、凡てが、自分のもののようになり、石も、藻も、岸打つ波も、漁を了えた漁《すなど》りが網を干すように石の上で翼を干す鵜《う》も、この世の凡てが、人間のようになりました。岸打つ波は、私を宥《なだ》めて眠らせ、目が覚めると、水が、私と岸を隔てており、石は、半分ほど水に浸かり、藻は、石の周りで生き物のように揺れ、岸打つ波は、すでに洲の上の鵜に達し、鵜は、身動《みじろ》ぎもせずに翼を干し、水に不意を打たれて擲《たた》き落とされるものの、また身動きもせずに翼を硬貨《コイン》の鷲のように展《ひろ》げて干しています。すると、鵜がまさにこの洲に執着して翼を干しにもっと上へ飛び移らないのはなぜかと云う、迚《とて》も肝腎で応えを要すると想われる問いが、泛《う》かんでくるのでした。

翌日も、私は、岸打つ波の音を聴きにここへ来て、汽船が去ったほうを永いこと瞶《みつ》め、それから、霧の中で我に返りました。新たな移民が岸辺で蠢《うごめ》くのが、微かに目に映りました。私には、誰に訊いても、みんなが、私を流れ者か宿無しと看做《みな》し、斧や鍬を急いで私から隠すように、想われました。とんでもありません！　私は、流れ者でしたが、今は心を撃ち抜かれており、それゆえ、自身の疼《いた》みを透して、地上の凡ての存在は私にとって同じものであって私が探すものはもはや何もなくて如何《いか》なる外面の変化も新しいものを何も私の内面へ齎《もたら》さないと云う同じ一つのことを、何処にいても感じています。私には、故地とは、単に人が生まれた場所にではなく、人が自分の産土《うぶすな》に更に何かを加えた場所にあるように、想われるのでした。

夏の海の暖気は、上昇して山の峰で冷やされ、また霧や烟雨《えんう》と化しました。けれども、私には、白い寛衣《かんい》を纏《まと》った巨きな白い矢が、微かに揺れながら襲い掛かり、弾丸ではなく細かい霰弾で私を射るかのように、想われました。撃ち仆《たお》された私が、自身の裡に生きて苦しみ、その不可欠《ふかけつ》な懊悩《なやみ》を透して一切を会得するために。否《いや》！　私は、もはや流れ者にあらず、鶏のことを、鶏がその洲では翼がよく干せないのになぜもっと高い岩へ飛び移らないかを、それは魚を捕るのでそこから神輿《みこし》を上げないためであることを、よく知っています。《もっとよく干せるもっと上のほうへ飛び移ったなら、屹度《きっと》、魚を捕り逃してしまう。否、私たちは、この洲に留まろう》と云う訣《わけ》で、鶏は、海の洲を棲み馴らし、口を糊《のり》しているのです。更に、私には、その石の心臓は、横たわって波に打たれて微かに揺れており、百年以上か千年もそうして横たわって揺れているのかも知れず、自分がその石よりも特に愈《まさ》るものを何一つ具《そな》えていないとしたなら、なぜ場所を変えて自分を慰めることがあろう、と想われました。慰めなどありません！

そして、慰めはなく、遣り直しも利かず、周りの変化にも好転を希《のぞ》めない、と自分に聢《しっか》り云い聞かせると、疼《いた》みが暫く歇《や》みました。すると、私は、ルゥヴェンを想い出し、古巣を目指すように彼の房子《ファーンザ》へ向かいました。

その夜、峡谷《ラスパードク》の奥は、溽《むしあつ》く、翔ぶ蟲が、悉《ことごと》く舞い立ち、その多くが、見えない月から光りを拝借するかのように、求愛の舞いに於《お》いて夜の灯りを点しました。私は、房子の廂《ひさし》の下に陣取り、蛍の道行きを目で追おうとしていました。蛍に定められた光りの時は、一秒ないし二秒ほどの束の間であり、凡てが闇の中で畢《お》わったかと想うと、別の旅が始まりました。同じ蟲が、一息吐《つ》いてから光りの旅を続けたのでしょうか、それとも、私たち人間の世界と同じように、或る蟲の旅が、別の蟲に引き継がれたのでしょうか？

「ルゥヴェン、お前さん、これをどう想う？」私は、訊ねました。

ルゥヴェンの応えは、意外なものでした。

「儂《わし》、今、あんたと同じように想う」

これは、どう云うことでしょう？

その時、相変わらず斑《むら》のある会話が続いていた地下で、不意に何かが起こり、大きな音がしました。ルゥヴェンは、耳を澄まし、真顔になりました。

「どうやら、石が落ちたらしい」私は、云いました。

彼は、腑に落ちないようでした。そこで、私は、両腕で洞穴に似せた輪っかを拵《こしら》え、落石が小川の流れを攪《みだ》す容子を示しました。ルゥヴェンは、私と見方が一致し、繰り返しました。

「儂、今、あんたと同じように想う」

彼は、またそう云いましたが、私は、やはり彼の云うことが分かりません。突然、ライバ（訳註、犬の名）が、尾を縮めて房子の奥へ飛び込みましたが、虎が、何処か直ぐ脇を通り、この犬を捕まえようと、石の間に臥したのかも知れません。用心のために焚き火を熾《おこ》すと、夜の蝶が、幾頭も火へ集まり、溽いその夜には、その数が余りにも多く、翅音《はおと》が瞭《はっき》りと聞こえるほどでした。私は、それを一度も耳にしたことがありませんでしたが、夥《おびただ》しい蝶の翅搏《はばた》きが、夜気に聞こえるのでした。私は、自分が少し以前のように単純で健全であったなら、その音を然《さ》して気に留めなかったでしょう。生《せい》の音！　けれども、今は、なぜか、凡てこれが、私に深く係わっているのでした。私は、心して耳を澄まし、愕然として目を瞠《みは》り、これをどう想うかとルゥヴェンに訊ねましたが、彼は、またしても曰くありげにこう云うのでした。

「儂、今、あんたと同じように想う」

私は、ルゥヴェンを瞶《みつ》め、漸く相手を理解しました。彼の心を領していたのは、舞う蛍の生でも、地下の地崩れでも、無数の蝶の生の音でもなく、この私なのだ、と。彼は、予《かね》てから、生きとし生けるものを心に感受し、その裡に生きて自分なりに凡てを理解していましたが、彼にとって肝腎なのは、生きとし生けるものへの私の関心を透して、この私を理解することなのでした。勿論、彼は、汽船が誰を私から運び去ったかをよく知っていました。そして、今、彼は、生命の根を探す時に必ず携行する穴熊の毛皮を手に取って廂の下の私の脇へ敷き、そこに犬のように縮こまって横たわります。彼は、何時《いつ》もそうして眠るので、夜徹し語らうことができ、尤《もっと》もながら漠とした寝言めいた問いに、眠りながら応えてくれるのです。永い月日が流れて酸《す》いも甘《あま》いも経験した今、私は、凡ての類縁に於ける凡ての生を私がそれをその夜に理解したように私たちに理解させるものは、哀しみではなくやはり喜びであり、哀しみは、犂《すき》のように地層のみを耕起《たがや》して新たな生の活力のための可能性を拓《ひら》いてくれる、と考えています。けれども、私たちの類縁である他者への理解を苦しみに帰する愚直《ナイーヴ》な人が、沢山います。私にも、その時は、自分が自身の疼《いた》みに依《よ》って凡てを理解するようになったかのように想われました。否、疼みではなく、生の喜びが、私のもっと深い奥処から劈《ひら》かれつつあったのです。

「ルゥヴェン、お前さんには、何時《いつ》か女がいた？」私は、訊ねました。

「儂、分からん」ルゥヴェンは、応えます。

「太陽、一つ」私は、云います。

そして、否定の仕草をします。それは、私が一昼夜を棄て去り、それが昨日になる、と云う意味です。二本の指は、昨日は二人だった、と云う意味です。そして、私は、指を一本にし、自分を差しました。

「私、今日、一人」

そして、汽船が去ったほうを指差します。

「あそこ、女《ジェーンシナ》！」

「マダム《マダーマ》！」ルゥヴェンは、嬉しそうに叫びました。

彼は、私の云う女が彼の云う《マダム》であることが分かりました。

そして、目を瞑《つむ》り、首を傾げました。

「眠る《スピー》、眠る、マダム！」

つまり、彼のマダムは、疾《と》うに泉下《せんか》の人なのです。

「それ、お前さんの奥さん？」

彼は、また呑み込めず、私は、また二人の大人が寝て子供が生まれる仕草をしました。

ルゥヴェンは、腑に落ちて、顔を燿かせました。それは、婆《バーブシカ》さん、つまり、妻であり、マダムは、嫁のことです。彼は、半分の人を示します、一人、二人目は、一寸小さく、三人目は、もう一廻り小さく、もう一人、もう一人、そして、ちっちゃな人が、背中に括《くく》り附けられ、更に、お腹にもいます……

「沢山《ムノーガ》、沢山、腕で働かねば！」

それは、彼の兄弟の妻である婆さんであり、兄弟は、《眠る、眠る》、彼のマダムも、《眠る、眠る》、彼の婆さんも、《眠る、眠る》、彼の子供たちも、《眠る、眠る》、そして、ルゥヴェンは、兄弟の婆さんのために働いて、上海《シャンハーイ》の彼らに仕送りをしているのです。

二人の夜は、尚《なお》も続き、私は、寝言を云います。

「眠る、眠る、マダム！」

すると、ルゥヴェンは、こう応えます。

「生きる《ジヴィー》、生きる、マダム！」

私は、それが耳に快いせいか、また我知らず聲を掛け、聞きたい応えを耳にします。

「生きる、生きる、マダム！」

虎は、足を止めずに去ったらしく、ラーイバも、ほどなく房子を出て、ルゥヴェンの脇に丸く横たわりました。焚き火は消えて、翅音も歇《や》みましたが、求愛の舞いに於ける月影の灯りは、朝まで闇に線を画き、植物は、水を湿めった夜気から広い葉の受け皿へ集めたり不意に滴《したた》らしたりしているのでした……

さて、岩です。その岩は、水分が涙嚢《るいのう》さながらの無数の割れ目から溢れて大きな雫《しずく》となり、永遠に沸《な》き濡れているかに見えます。それは、人ではなく石であり、石に感覚のないことはよく分かっていますが、私は、余りにも感情が過多なせいか、人のように涕くのを目にしただけで石に同情を禁じ得ないような人間なのです。またその岩に凭《もた》れると、自分の心臓が拍《う》っているのでしたが、岩の心臓が拍っているように想われました。云われなくとも、云われなくとも、自分で分かっています、只《ただ》の岩に過ぎないことは！　けれども、私は、人が戀しい余り、岩を友と看做《みな》したのであり、私が岩と心を通わせて《猟人、猟人、お前は、なぜ、それを捕り逃した、蹄《ひづめ》を摑まなかった！》と幾度も繰り返し叫んだのをこの世で知っているのは、その岩だけなのでした。

V

当時の私は、何と愚直《ナイーヴ》で単純だったことでしょう！　あの頃は、鹿を捕まえるように嫁を捕まえれば、それで生命の根の問題も何もかも解決される、と信じていました。私の子供たち、愛しき青年たち、慕わしき乙女たち、みなさんと同じように、當時の私も、若さゆえに、謂《い》わゆる薔薇や蝦夷上溝桜《チェリョームハ》を缺《か》いた愛に囚われ過ぎていました。勿論、私たちの生命の根は地の中にあり、私たちの愛も獣たちの愛と同じようにそこに由来していますが、だからこそ、自分の茎や花を地の中へ埋めたり神秘の根を晒《さら》して人間の生命の源から蔽いを剥《は》いだりしてはならないのです。残念ながら、凡《すべ》てこれが瞭《あきら》かとなるのは、危難が去ってからであり、新しい子供たちは、先達の経験を頓《とん》と信じず、この面での放恣を何よりも欲します。けれども、有り難いことに、最も優しく想い遣りがありこの世で最も文化的《クリトゥールヌィ》な父とも云えるルゥヴェンが、隣りにいるのでした。そして、私は、馥《かぐわ》しい石鹸《シャボン》や刷子《ブラシ》は文化の末梢に過ぎず、文化の本質は人々の間の理解や絆の創造にある、と云うことを、自身の荒れ野で永遠に確信したのでした。医業がルゥヴェンの主な生業《なりわい》であることが、次第に分かり、医学的な観点からそれが如何なるものかは、私には判断できませんが、誰もが霽《は》れやかな顔で彼の許を辞して多くの人が更《あらた》めてお礼に訪れるのを、私は目にしていました。満子《マンザ》（訳註、十九世紀後半から二十世紀初頭に懸けてのウスーリ地方の中国系住民）、中国の猟人、野獣猟者、朝鮮人蔘《ジェニシェーニ》の根の採り手、紅鬍子《フンフーズ》（訳註、十九世紀後半から二十世紀前半に懸けて中国東北部および露西亜極東や朝鮮や蒙古の隣接地域で活動した組織的な盗賊。満洲馬賊）、色々な土着民、韃子《ターズ》（訳註、露西亜の極東や極北や西比利亜《シベリヤ》の先住少数民族）、ゴーリド人（訳註、ナーナイ人とも。デルスー・ウザラーの出身民族）、オーロチ人、ギリャーク人（訳註、ニーヴフ人とも）、瘡蓋《かさぶた》に覆われた子供や女を連れた者、流れ者、囚人、移民が、森《タイガー》の隅々から彼の許へ遣って来るのでした。彼は、森に沢山の知己がおり、生命の根と袋角《パーントィ》の次に強い薬は金子《きんす》だと想っているようでした。そして、この薬にも決して事欠《か》かず、仲間の誰かに知らせるが早いか、それが手に入るのでした。或る夏の盛り、ズスヘ川が、ひどく氾濫して農地を洗い流し、移民たちは、無一物となりました。すると、ルゥヴェンは、仲間に連絡し、露西亜人たちは、偏《ひとえ》にこの中国人の救恤《きゅうじゅつ》のお蔭で餓死を免れたのでした。私は、まさにその時、文化は袖口《カフス》や釦《ボタン》にではなく金子をも薬に変える凡《すべ》ての人の間の骨肉の絆にあることを書物に拠ってではなく実例に於いて悟り、生涯、それを忘れることはありませんでした。ルゥヴェンから金子は薬と聞かされた時には、一寸可笑《ちょっとおか》しかったのですが、荒れ野で暮らすうちに、自分も金子を薬と看做《みな》すようになりました。朝鮮人蔘や袋角や金子の他、朝鮮羚羊《ゴラール》の血、麝香鹿《じゃこうじか》の香嚢、赤鹿《イジューブル》の尾、鷲木菟《わしみみづく》の脳、地面や樹木に生える凡《あら》ゆる茸《きのこ》、種々《くさぐさ》の根や草も、彼にとっては薬であり、薄荷《はっか》、加密列《かみつれ》、鹿子草《かのこそう》と云った露西亜に産するあれやこれやも、薬と看做されていました。或る時、私は、草を丹念に選り分けている翁《おきな》の顔を瞶《みつ》め、訊ねました。

「ルゥヴェン、お前さん、沢山、知っている。教えて、私、病い、健やか？」

「誰にも、病いと健やか、二人いる」ルゥヴェンは、応えました。

「何、私に要る？　袋角？」私は、訊ねました。

彼は、一頻《ひとしき》り笑いました。袋角は、精力が衰えた人の情欲を昂《たか》めるものです。

「もしかして、朝鮮人蔘、効く？」私は、訊ねました。

ルゥヴェンは、笑うのを歇《や》め、私を暫《しば》く瞶め、その時は無言でしたが、翌日に曰くありげに云いました。

「あんたの朝鮮人蔘、大きく大きくなっている、近いうちに、見せてあげよう」

ルゥヴェンは、出鱈目なことは云わないので、私は、この薬の粉ではなく森に生える根と竟《つい》に見《まみ》える機会を待ち始めました。或る夜更け、ラーイバが、峡谷《ラスパードク》の奥へ駆け去り、ルゥヴェンも、房子《ファーンザ》を後にし、私も、旋条銃《ライフル》を手に続きました。

ルゥヴェンは、ラーイバと共に闇の奥から戻りながら、云いました。

「銃、要らん、儂《わし》らの人」

ほどなく、隙なく武装した六人の中国人が、旋条銃と大振りの小刀を帯びた美しい鉤鼻の満洲人が、遣って来ました。

「儂らの人！」ルゥヴェンは、私にもう一度そう云うと、彼らにも私を指差して中国語でやはり《儂らの人》と云ったようでした。

満洲人たちは、私に愛想好く会釈をし、背が高いので屈んで一人づつ、私たちの小さな棲み処へ入りました。彼らは、車坐になり、床へ何かを置き、一寸何かを為《す》ると、凝《ぢ》っと瞶め始めました。

「ルゥヴェン、私も見ていい？」私は、そっと訊ねました。

ルゥヴェンは、また中国語で儂らの人に云い、満洲人たちは、実に恭《うやうや》しく私のほうを振り向くと席を空け、自分たちと同じように坐って何かを見るように勧めました。

私は、まさにその時、朝鮮人蔘を初めて目にしました。極めて稀少で貴重なために、六人の屈強で隙なく武装した若者が移送を託された、生命の根を。松《ケードル》の靭皮で小匣《こばこ》が作られ、その中の黒い土の上には、露西亜の香芹《ペトルーシカ》を想わせる小さな黄色い根が、横たわっていました。中国人たちは、私を輪に加えると、また無言の観照に耽《ふけ》り、一緒に瞶めていた私は、人の形に肖《そっく》りなこの根に目を瞠《みは》りました。まさに体から足が分岐するふうであり、手もあり首もあり、その上に頭があり、お下げ髪もあり、手足の鬚根《ひげね》は長い指のようでした。けれども、私が注目したのは、根と人の見掛けの相似ではありません。気紛れな根の絡まりには、幾らでも特異な貌《かたち》を看て取れましょう！　私を釘附けにしたのは、生命の根の観照に耽る七人が私の意識に及ぼす無言の作用でした。その生ける七人は、幾千年もの間に土に還った無数の人の末裔であり、その無数の人は、その末裔である生ける七人と同じように生命の根を信じ、その多くが、同じような畏敬の念を抱いてそれを観照して服用したのかも知れません。私は、その信念の息吹きに抗《あらが》えず、汀《みぎわ》にいた時と同じように惑星の悠久なる時のようなものの意思に身を委ねており、異なる人の生は、今や私にとって波のようであり、その凡《すべ》てが、岸へ向かうように生ける私へ向かい、遠からず同じように洗い流される我が身に拠《よ》ってではなく、惑星の時もしくは更に悠久なる時の流れに於いて、根の力を悟るよう、促《うなが》しているかのようでした。私は、朝鮮人蔘が五加科《うこぎ》の残存種であり、それを取り巻く第三紀の動植物界が見違えるほどに変化したことを、後に学術書で識りましたが、この知識は、よく有り勝ちなように、人々の信念に依って私の裡《うち》に齎《もたら》された感銘を斥《しりぞ》けることはなく、幾ら私に知識があろうとも、幾万年もの間に灼熱の沙から雪へと環境を変えて針葉樹や林間の態を待ち遂《おお》せたこの草の運命は、今も私の心を揺すぶっています。

満洲人たちは、永い観照を了《お》えると、この根の構造の色々な細部について一斉に語り出し論じ始めたようでした。もしかすると、そうした鬚根は男の根を飾るのに相応《ふさわ》しく女の根には向いていないので慎重に取り退《の》けるべきではないか、などと話していたのかも知れません。こんな問題は幾つもあり、その多くは急に浮上して既存の判定を覆し、劇論《げきろん》が交わされました。けれども、結局、ルゥヴェンが、笑みを湛えて意見の対立を解消し、みんなが、何時《いつ》も彼に賛同するのでした。彼は、もはや激することもなく坦々と暮らし、自己の対象を知悉した凡ての人と同じように超然とし、誰もが、その判断に無条件に順《したが》っていました。昂奮も治まり、静かな品隲《ひんしつ》が始まると、私は、彼らが何を談じているのか、ルゥヴェンに想い切って訊ねました。

「沢山の沢山の薬」彼は、応えました。

つまり、金子のことが、そうした珍宝の値打ちが、談じられているのでした。ルゥヴェンは、貧しい朝鮮人蔘の根の採り手が、根を見附けて殺《あや》められ、マシンカ、すなわち、山師《モジェーンニク》が、珍宝をせしめ、クペザ、すなわち、商人《クペーツ》が、中国から現地へ乗り込んで沢山の薬を与えてこれらの根の運び屋を雇った、と語りました。けれども、勿論、クペザは、微々たるものしか与えず、根の価格は、青天井であり、どのクペザも、仲買いをしてより多くを与えて更に多くを得るのでした。なぜなら、どのクペザも、マシンカなのですから。

「結末は？」私は、訊ねました。

「結末は、なし。そんな根、歩く、歩く。そんな根、沢山の沢山の薬。見附けた小さい人、眠る、眠る、大きい人、歩く、歩く」ルゥヴェンは、応えました。

満洲人たちは、彼に貴重な歩く根の番をさせると、冷たい炕《かん》の上に横たわり、空が白む前に発ったようでした。

VI

私は、荒天下の電信柱の唸りを想わせる何やら奇妙な音で、目が覚めました。けれども、沿海地方の森《タイガー》に、電信柱などありましょうか？　目を開け、ルゥヴェンを見ると、彼も、何かに耳を澄ましているのでした。

「行け《ホデー》、行け！　あんたの朝鮮人蔘《ジェニシェーニ》、大きくなる、私、あんたに見せる」彼は、云いました。

彼は、如何にも中国人の朝鮮人蔘の採り手らしい青い服を纏《まと》い、露を防《ふせ》ぐ油を塗った前掛けを垂らし、じっとりした日でも坐って憩《やす》めるように穴熊の毛皮を腰に巻き、頭には、円錐形の白樺樹皮の帽子を冠り、手には、足許の葉や草を払う長い棒を持ち、帯には、小刀や燧石《ひうち》と燧金の入った袋や根を掘り出す骨か牙でできた棒を提げていました。襯衣《シャツ》や洋袴《ズボン》の生地《きぢ》である中国産の綿布の青い色は、そんな青い服の中国人の採り手を襲う狩りを雉狩りと呼んで白い服の朝鮮人を襲う狩りを白鳥狩りと呼んでいる怕《こわ》い人たちを、連想させました。

「ルゥヴェン、あれは、何?」私は、荒天下の電信柱の唸りを想わせる音が聞こえるほうを指差し、訊ねました。

「戦さ《ヴォイナー》!」ルゥヴェンは、あっさりと応えました。

私たちは、火を打ち出しました。私は、上へ昇り、襤褸《ぼろ》の堆《やま》に戦さの因《もと》を見附けました。そこへ迷い込んだ大きな雀蛾が、頻《しき》りに翅搏《はばた》き、電信柱のような唸りを立てているのでした。私は、それを彼に示しましたが、彼は、見附かった因《もと》を顧みることもなく、繰り返しました。

「こんな唸り、戦さ、至る、戦さ、来る」

私見では、嘗《かつ》ては生きていたかも知れない何やら遠い昔の信仰の揺るがぬ残滓《ざんし》や迷信が人間を卑しめる程度は、俗悪な文明の諸々の品々への抗い難い嗜好が或る人たちを卑しめる程度には及ばず、迷信や特定の髪蠟《ポマード》や便箋の版型への嗜好に囚われていても、生きた文《クリ》化的《トゥールヌイ》な人間であり続けることはできるのでした。けれども、今次のルゥヴェンの迷信は、自棄《やけ》に気に懸かりました。私は、想うのでした。《新聞のほうが、ここの条件にあっては移民たちの噂ですら、何らかの自然の兆候に拠る推測よりも幾千倍も正しく戦さのことを伝えていないだろうか？　夜の焚き火や蛾の翅搏きに因《よ》る生の音のほうが、迷信に拠る認識よりも地球の涯なき生産力について多くを語っていないだろうか？》今次の迷信に対する特別の反感の因を探っているうちに、私は、自分が、幾千年も語り継がれている生命の根に纏《まつ》わる幾百万もの民の伝説に余りにも心を動かされたために、凡《あら》ゆる伝説に対してこれまで果敢に用いてきた私的な経験に於いてこの伝説を検証することを稍々《やや》恐れていた、との推論に達しました。

今、その恐れが、迷信との微かな接触に因る苛立ちへと変わりつつありました。

二人は、未《ま》だ真っ暗なうちに房子《ファーンザ》を出て、海へ向かって峡谷《ラスパードク》を歩いていました。夜が明けていたにせよ、夏季には大抵ここに居坐る濃い霧のために、文目《あやめ》も分からなかったでしょう。唯一ながら目と鼻の先の光りは、舞う蛍の灯りでした。すると、遺伝する迷信の力でしょうか、舞う蛍を瞶《みつ》めながら、私は、戦野に仆《たお》れた数多《あまた》の人を想い出しました。彼らのことを、彼らが苦しみつつ亡くなって何処《どこ》か遠くへ去ったのを、想い出しました。《これは、彼ら？》私は、未開人のように自問しました。そして、その中の或る人たちを想い出しながら、同情の念から彼らより受け取って胸に刻んだ疼《いた》みを、自身の裡に見出だしました。彼らは、遠くへ去って蛍と化して舞っており、私は、彼らの疼みと共に留まり、もしかすると、今、時として、我知らず、まさに戦友たちを喪《うしな》った時に胸に刻んだその疼みに支配されて行動しているのかも知れません。ルゥヴェンは、余りにも善良なため、翔ぶ蟲を目にしてそれとなく何かを察し始めたのではなく、一度察するや永遠にその疼みを丸ごと受け止め、より善き生への自らの信念と朝鮮人蔘の根の生の力を結び合わせて病める人を救うことを、己《おの》れの仕事としたようでした。

私は、そのように舞う蛍を眥めながら、遠古より私たちの心に巣喰っていて現代では屢々《しばしば》有害でもある死せる迷信から、生命の根に纏わる伝説を、自分なりに切り離し、純化しようとしていました。翔ぶ蟲は、ひょいと消えたようでしたが、真っ直ぐな光りの尾を残し、霽《は》れた払暁に空が白んでだいぶ経ってから地上の物体が上から照らされるのとは異なり、その光りで諸々の物象が下から現れるように想われました。私たちは、海沿いの山《やま》間《あい》におり、岩が、霧の中から黒い姿を見せました。私は、花の鹿が女に変わるのを岩の間に感じて直かに目にし、ルゥヴェンも、何か自分の胸に秘めたものに気附いたようでした。二人は、それを吐露する必要もないので、何一つ気兼ねし合うこともなく、黙然と歩いていました。明け方になると、烈しい悪寒が体を走り、私には、夜明け前の冷え込みと云う同じ感覚で世界と一つになった自分の体を透して、凡ての自然が衣を脱いで顔を洗っているように感じられてきました。そして、ルゥヴェンが、急に私の足を止め、掌で顔を洗う仕草をし、《何処《どこ》も彼処《かしこ》も！》と云うふうに両手を展《ひろ》げて次の言葉を発した時には、彼もそのことを伝えようとしていたと想われるのでした。

「好い《ホロショー》、好い、頗る好い《シープコ・ホロショー》！」

彼が天候を予想してそう云ったことが、ほどなく分かりました。太平洋の沿海地方では、迚《とて》も濃い霧が急に霽《は》れて空気が可成り湿気を帯びつつも澄み切ることがよくあります。私たちは、高い岸の径《みち》の何かの濃い茂みの中で日の出を迎えましたが、その茂みからは、時折り、白い首輪のある美しい蒙古雉が跳び出し、なぜか、舞い立つ時に、こちらを向いて雉の言葉で何かを告げるのでした。こぉ、こぉ、こぉ……。私には、それらの藪《ザーロスリ》がなぜそんなに低くて密なのかが、分かりました。それは、海が颱風と共に幾百年も岩を打ちながら生を手に入れたためであり、色々な花や後には小さな楢も、岩の割れ目に生えたのでした。海は、そうして生を手に入れましたが、初めは、何と云う生だったでしょう！　海に近い小さな楢は、頭を少しも上へ擡《もた》げようとせず、海から遠退くように細い根を匍《は》わせて臥《ふ》せるように生えており、撫で附けた髪に肖《そっく》りでした。けれども、この樹は、海から離れるにつれて或る程度まで高くなり、人の背丈ほどの高さの上のほうから枯れ始め、下のほうの枝の絡まりが通れない叢林《チャーシチャ》を成し、雉は、そのお蔭で色々な肉食獣の襲撃から雛《ひな》を聢《しっか》りと戍《まも》ることができるのでした。

　私たちは、海から森の奥へと退きながらも、直ぐに海と訣《わか》れることはなく、上ったり、下ったり、太陽を見失ったり、日の出を迎えるように太陽と出逢ったりし、湾に刻まれ、石に塞がれ、小さな海峡に抱かれた、海岸は、太陽のために、新しい衝立てを次々と用意し、私たちは、日の出を迎える度に、新しい造形を次々と目にするのでした。大洋を遠くに望める最後の岩の上には、日本の傘や地中海の傘松《ピーニャ》を想わせる異形の赤松《ポグレバーリナヤ・ソスナー》が生えていましたが、それらは、透かし模様《レース》の織り物のようであり、幾ら一所《ひとところ》に群がっても、海が覗けたことでしょう。私たちは、傘松を透して、その最後の岩から、水面の海獣の頭を幾つも肉眼で捉えることができました。

私たちが、海と悉《すっか》り訣《わか》れて深い渓谷《パーヂ》へ下りた時、真っ暗な森では、獲物と共に小径を渡る蟻を見分けることもできたでしょう。私たちは、鹿や麕鹿《のろじか》や赤鹿《イジューブル》や朝鮮羚羊《ゴラール》が踏み均《なら》した後に人間が通るようになった草一本生えていない径《みち》を歩き、そこから、常に石の堆《やま》に隠れて地下の会話だけがその存在を知らしめている名もない渓流のある深い峡谷へと曲がりました。その石の上では、やっとそれと分かる径が小川をあちらこちらへ横切っていましたが、當てにならないその径を棄て、石から石へとぽんぽん跳び移りながら、淵から淵へと進みました。ルゥヴェンは、黄蘗《きはだ》の樹皮の目印しや楤《たら》の木の折り目や楊《トーポリ》の洞《うろ》へ入れた苔の塊りを頼りに私に示し、憶えておくように促すのでしたが、それらの印しは、通りすがりの行人や猟人や野獣猟者や凡《あら》ゆる森の採取者たちのためのものではなく、その道がすでに踏査済みであってそこを探しても無駄骨であることを他の生命の根の採り手たちへ伝える合い図《シグナル》なのでした。けれども、その道は、私の生命の根へと続いており、ルゥヴェンは、根を採る経験の乏しい私が後に彼の援《たす》けを藉《か》りずに自力で根を見出だすための道知《みちし》る辺《べ》を、私に示してくれるのでした。

「もしも、颱風が洞から苔を剥ぎ取ったり、春の大水が目印しの黄蘗を流し去ったり、この崖が崩れて私たちの道が石で埋まったりしたなら、どうする?」私は、訊ねました。

「清らかな良心を、頭の中に持すること」ルゥヴェンは、応えました。

私は、彼が察しの好さを指していると想い、何もかも埋まってしまえばどんな察しの好さも役に立たぬと云うふうに、峡谷の断崖や樹や草を彼に示しました。

「泯《ほろ》んだ、泯んだ、頭!」私は、云いました。

「頭、要らん。泯んだ、頭、ここ、頭」ルゥヴェンは、応えました。

彼は、心臓を示しました。すると、生命の根を探す時には、清らかな良心を抱いて歩かねばならず、何もかも蹈み拉《しだ》かれて凸凹になった後ろを振り向いてはならない、と云うことが分かりました。清らかな良心があれば、どんな崩落も道を泯ぼさない、と云うことが。

峡谷の高い断崖は、徐々に低くなり、私たちは、この深い峡谷を岩の間に刻んだ小川の水源である小沼《こぬま》を抱く小さな盆地《フパーヂナ》へ至りました。この広い谷間《ドリーナ》の峠からは、立派な松《ケードル》の林が続いていましたが、疎《まば》らな林で下草も丈が低いため、幹の間から遙か遠くを瞰《みお》ろしたり、葉洩れ日やちらつく翼の影や輪郭《シルエット》からこの鳴谷《ペーフチャヤ・ドリーナ》の豊饒な生を窺ったりすることができました。沢山の色々な小鳥が色々な樹の間で囀《さえず》り、小暗かったり曲がっていたり節くれ立っていたり熊が何時《いつ》も冬眠する洞を具《そな》えていたりする樹齢三百年を超える楊《トーポリ》があり、巨きな科木《リーパ》やすらりとした楡や黄檗もありました。

下草の豊饒な生に光りを届けるために巨樹の林も可成り疎らな鳴谷は、洵《まこと》に美しく、生命の根を確実に探し出すために必要な清らかな良心を繞《めぐ》る思想を自ら具象していました。更に進み、ほどなく鳴谷を北西へ横切ると、植生の異なる別の谷へ下る古い河岸段丘が、忽然と目の前に展けました。ずんぐりした黒楊《オスコーリ》の間に、樅《もみ》や椣《しで》や唐檜《とうひ》や河樺や板屋楓《いたやかえで》が生えており、朝鮮五味子や葡萄の蔓の絡まる蓊鬱《おううつ》としたその森を抜けると、見知らぬ小川の畔りで、植生がまた変わりました。胡桃《くるみ》科の広葉樹に交じって、松《ケードル》がぽつぽつと生えており、巨樹の疎林が、接骨木《にわとこ》や西洋磯木《せいよういそのき》や蝦夷上溝桜《チェリョームハ》や自生の林檎が密生する濃い藪《やぶ》に埋もれていましたが、生命の根である朝鮮人蔘は、まさにそんな藪の蔭の陰性の草の間に潜んでいるのでした。

私とルゥヴェンは、そこで憩《やす》んで永いこと黙っていました。私たちが永いこと黙っていた時の静寂には、何があったでしょう？　嘗てない想像を絶する夥《おびただ》しい数の螽斯《きりぎりす》や蟋蟀《こおろぎ》や蟬やその他の楽士たちが、頻りに奏でながら静寂を生み出しており、もしも、人が、自由で穏やかな思惟のための平静を自身の心に見出だすなら、彼らの音は、一切耳に入らないでしょう。もしかすると、それらの無数の楽士たちは、音楽を奏でることで、人が自ら自分なりにその音楽に参加して彼らの存在に気附かなくなるようにしており、そこから、何やら真の特別の生きた創造的な静寂が、始まっているのかも知れません。小川も、どうやら無言で何処かを流れていますが、もしも、穏やかな思惟の流れが、何かの想い懸けぬ追憶のために途切れ、近しい誰かに何かを語ると云う叶《かな》わぬ希《のぞ》みが、可成り抑えられた形であれ呻《うめ》きとなって溢《あふ》れるならば、《語れ《ゴヴォリーチェ》、語れ、語れ》と云う聲が、石伝いに流れているはずのその小川から颯《さ》っと迸《ほとばし》るでしょう。その時には、多数の無数の聞こえざる楽士たちも、小川と一緒に《語れ、語れ、語れ！》と挙《こぞ》って奏で始めるでしょう。

それから、私とルゥヴェンは、生命の根である朝鮮人蔘を戍《まも》る何かの鳥について語らいました。ルゥヴェンは、この地方に棲む三種の郭公《ククーシカ》の一つについて語っているようでした。その小さな黒い郭公は、生命の根を見戍《みまも》り、生命の根を目にした瞬間に棒をその脇に突き刺すことができた人にしか見えません。宝物を見附けたかと想うとすでになかったり、朝鮮人蔘が忽《たちま》ち他の動植物に化けたりすることは、珍しくも何ともなく、根の採り手にとっては、日常茶飯事です。けれども、それを見附けて棒を突き刺すことができれば、それは、もはやその人から何処へも去りません。とは云え、私たちには、何の懸念もありません。その根は、二十年ほど前に見附けられた時には、迚《とて》も嫩《わか》く、更に十年、育つが儘にされました。けれども、通りすがりの赤鹿に頭を蹈《ふ》まれ、身を竦《すく》めてしまいました。最近、また育ち始め、十五年もすれば、採り頃になります。

「あんた、今、走れ、走れ、すると、分かる」ルゥヴェンは、云いました。

私たちは、一寸黙りました。私は、黙っている間に、十五年後の自分や出逢いに想いを馳せました。十五年も別々に暮らせば、どうにか怯《お》ず怯ずと互いを見分け、立ち盡《つ》くして呆然と瞶《みつ》め、言葉を失うことでしょう。

吁《ああ》！　なんて辛いことでしょう！　けれども、《吁！》と云う聲が洩《も》れるや、こんな聲が、小川から迸りました。

「語れ、語れ、語れ！」

それに続いて、鳴谷の凡《すべ》ての楽士と生き物が、奏で歌い始め、凡ての生きた静寂が、不意に劈《ひら》かれて呼び掛けました。

「語れ、語れ、語れ！」

「十五年後、あんたは、若い、あんたのマダム《マダーマ》も、若い」ルゥヴェンは、云いました。

それから、私たちは、腰を上げ、小川へ傾《かし》ぐ自生の林檎の幹を伝って向こう岸へ渡り、ルゥヴェンは、そこで直ぐに色々な草の間に跪《ひざまず》くと、掌を合わせて永いこと凝《ぢ》っとしていました。私は、悉《すっか》り狼狽えて、我知らずその隣りに坐り、創造力の淵源にでも佇《たたず》んでいるかのようでした。心臓の鼓動と一つになった私の思想は、澄み切り、心臓は、静寂の音楽に和して鼓動していました。けれども、ほどなく、時は自ずと至り、ルゥヴェンが草を分け、私は目にしました……。五本の指を伸ばした掌を想わせる数片の葉が、低く細い茎の上に載っていました。そんな嫋《なよ》やかな植物にとっては、粗野な蹄を持つ赤鹿はおろか、蟻さえも険呑であり、何かの理由で必要ならば、忽ち更に幾年もその生が止まり兼ねません。十五年の間に、この植物と私の生は、何と沢山の想わぬ脅威に晒されたことでしょう！

訣《わか》れしなに、ルゥヴェンは、松《ケードル》の幹の刻み目を私に示しました。その松から根までは、丁度、一厄爾《ローコチ》（訳註、昔の尺度。肱の長さ。約半米《メートル》）、他方の黄蘗の幹からも、一厄爾《ローコチ》、三方目は、楢《ドゥーブ》に、四方目は、槐樹《アカシヤ》に、刻み目が附けられました。

VII

或る時、私は、血の漲《みなぎ》る袋角《パーントィ》が悉《すっか》り伸びても骨と化していない牡の赤鹿《イジューブル》や日本鹿を狩るパントーフカと呼ばれる猟の運試しに、森《タイガー》へ出掛けました。金貨で千円を超える袋角もあり、この猟は、迚《とて》も儲かります。袋角の猟が始まると、牝は、仔鹿を山の斜《なぞ》えに連れていき、牡は、滅多に姿を見せず、北《シーヴェル》の斜面に留まって茂みに隠れ、何が触れても疼《いた》みを感じる袋角を戍《まも》るかのように、永いこと凝《ぢ》っと佇《たたず》んでいることがよくあります。その時に目指した霧山《トゥマーンナヤ・ゴラー》は、ほぼ全容が見渡せて、黒い頂きだけが、霧に霞んでいました。この山は、三方を海に囲まれた死火山のようでしたが、死火山になったのはそう昔でもないらしく、入り江の浜辺でよく軽石を見掛けました。山は、勿論、可成り崩れており、どの面にも、深い渓谷《パーヂ》や峡谷《ラスパードク》が刻まれていましたが、それらの渓谷には、勿論、獣も特別な残存種の植物も潜んでおり、猟人にとって貴重なこれら凡《すべ》ての渓谷は、上流でほぼ一点に集まり、山は、獣も植物も豊富なそれらの渓谷の結び目を成しているのでした。私は、空色《ゴルバーヤ》、禁制《ザプレートナヤ》、豹《バールソヴァ》と云う霧山の三つの最も美しい渓谷が展《ひら》けている南西へ向かって、海沿いを歩いていきました。それらの渓谷の奥では、渓谷の創り手である小川が、上から下まで貫流し、下の小川の畔《ほと》りでは、太古の貴重な残存生物が、海からの南風を除いた凡《あら》ゆる風を防《ふせ》がれて生き存《なが》らえており、上の渓谷の縁《レブロー》では、赤松《ポグレバーリナヤ・ソスナー》が、意気旺《さか》んに颱風と戯れています。私は、海岸から空色渓谷を通って霧山の頂きに達し、虎や豹《バールス》（原註、極東の豹は、なぜかバールスと云う全く異なる動物の名で呼ばれています）が四方を凡《すべ》て眼下に収めて歩くように丘《クリャージ》を静かに歩いていきました。空色渓谷でも、禁制渓谷でも、鹿を見掛けましたが、孰《いづ》れも、二頭か三頭の仔鹿を連れた牝鹿であり、細い尖った角を持つ牡の當歳《サヨーク》の仔鹿がいることもありました。私が後に豹《バールソヴァ》と名附けた渓谷の奥で、不意に叫び聲や呻《うめ》き聲や鼻嵐が聞こえました。石を動かしたり落としたりしないように心して、山の峰からそちらへ向かって岩屑《がんせつ》の層を駆け、茂みを抜けて鳴りを潜《ひそ》めると、ほどなく、何やら黄色い獣が渓谷の向こう側にいるのが、茂み越しに見えました。それは、私を嗅ぎ附けると、楢《ドゥーブ》の茂みに姿をちらつかせながら、渋々と気怠《けだる》げに小股の急ぎ足で上へ駆けていきました。私は、岩屑の層にその全身が現れるのを待ちましたが、それは、猫科の肉食獣のようにそこに隠れ臥《ふ》して石の下から目だけを覗かせており、その距離では、照星が目標を捉えられないので射止めるのは無理でした。そこで、急いで渓谷の向こう側へ移って黄色い獣が手に入れた獲物を拝むことにしました。道に迷わぬように、異形の傘松《ピーニャ》を目印しにしましたが、その樹の下には、指を触れただけで凡《あら》ゆるものを薙《な》ぎ倒して落ちていきそうなほど安定を欠《か》いた巨《おお》きな石があり、惨殺は、まさにその石の向こうで行われたようでした。私は、腕を伸ばして若い傘松に摑まりながら、そこへ辿り着きました。果たして、石の向こうには、鹿が大の字に転がっていましたが、幸い、美事な袋角には、瑕《きず》が一つもありませんでした。ルゥヴェンからは、袋角の値打ちは、嵩と云うより形に左右され、何よりも肝腎なのは、完全に左右対称なことである、とよく聞かされていましたが、それは、迷信でも気紛れな流行でもないらしく、鹿の体の片側が一寸《ちょっと》でも害《そこな》われると、左右の角の成長にも差が生じる、つまり、袋角の形から、或る程度、その薬効を左右する鹿の健康状態を把握できるのです。

私は、山の傘松から成るべく大きな枝を折り取り、鹿を日影から隠すと、豹を追い始めました。豹が潜んでいた石は、巨きな鷲を想わせました。私は、峰伝いに大きく迂回し、その石を見附けると、用心深く鳴りを潜め、何時《いつ》でも豹を照星に捉えられるようにしていました。けれども、石の下は、蛻《もぬけ》の殻でした。そこで、丘を歩いて噴火口の跡らしき台地《プラトー》を一周りしましたが、豹は、何処《どこ》にもいませんでした。一憩《やす》みしようと、磨き込んだような平たい頁岩《けつがん》の板の脇に坐りましたが、逆光でそちらを見ると、岩の板を覆う埃《ほこり》に、美しい獣の柔らかな足の跡らしきものが残っていました。私は、頻《しき》りに辺りを見廻しましたが、豹がその岩の板を歩いたことは、間違いなさそうでした。勿論、虎や豹は、山の峰を歩きますから、岩の板に足跡を見附けたからと云って、どうなる訣《わけ》でもなく、豹がそこを通って何処かの石の間に隠れたなら、足跡なしに見附けることはできません。そこで、霧山の裾の美しい岬へ目を転じ、南の渓谷の凡《あら》ゆる縁に生えているのと肖《そっく》りな美しい意気旺《さか》んな松《ソスナー》に彩られた岩を望みました。丈は低くとも鹿に好まれる草に覆われたその細い岬では、牝鹿が食《は》んでおり、その傍の茂みの蔭に横たわる黄色い輪っかは、仔鹿のようでした。岸打つ波が白い水を深緑の傘松へ届くように噴き上げている辺りで、鷲が、颯っと飛び立ち、岬の遥か上へ舞い上がり、狙った仔鹿に襲い掛かりました。けれども、母鹿は、巨きな鳥が降下する音を耳にするや、跳ね起きて迎え撃ち、仔鹿を戍《まも》るように棹立ちになって前足で相手を打とうとし、鷲は、想わぬ邪魔に苛立ちながら、鋭い蹄《ひづめ》を見舞われるまで攻め立てました。蹈《ふ》まれた鷲は、空中で何とか持ち直し、塒《ねぐら》のあるらしい傘松へ飛んで帰りました。真昼に近く、暑くなりましたが、この頃から日の暮れまで、鹿たちは、開けた草場から何時もの居場所へ移って峡谷の蔭の多い林に身を潜めます。そして、岬では無類なその牝鹿も、仔鹿を立たせてその鷲巣岬《オルリーノエ・グネズドー》から私たちの房子《ファーンザ》のある峡谷へ連れていきました。それが花鹿《ファルゥ》であることは、ほぼ疑いなく、色々な感情が、どっと湧き起こり、下で畝《うね》る大洋の波の光りと影のように入り乱れるのでした！　けれども、それらの感情は、この地に於《お》ける私のその後の凡《すべ》ての活動の指針となる考えに依って、忽《たちま》ち抑えられました。私は、想いました。《鷲巣岬には、百米《メートル》ほどの隘《せま》い地峡の他に、鹿の出口は一つもなく、もしもこの地峡を柵で封じたなら、鹿は、切り立つ高みから海へ身を投げて泳いで岸に達するしかない。けれども、それもやはり出口ではなく、下では、黒い尖った石が、水中に見え隠れし、どんな生き物も、その恐ろしい礁《かくれいわ》へ落ちたなら、必ず命を殞《お》とす》そんな考えが、頭に泛《う》かび、知らぬ間に芽吹き、心を充《み》たし始めるのでした。一息吐《つ》くと、紅っぽい斑の一つ一つに目を凝らして用心深く峰伝いに台地をもう一周りすることにしました。ひょっとすると、その間に豹が何かを想い附いたかも知れません……。草場から棲み馴れた峡谷へ仔鹿を連れていったり、草場の傍《そば》の楢の茂みに仮りの避難所を見附けたりする、牝鹿たちの姿が、あちらこちらに見受けられましたが、葉が然《さ》ほど茂っていない樹の蔭でさえ、葉洩れ日に肖《そっく》りな斑《まだら》のために、日本鹿の姿が見えないこともよくありました。そんな木蔭で、鹿たちは、葡萄の葉を噛み切ったり、悩ましい壁蝨《だに》を後ろ足の蹄で掻き落としたりしながら、時を過ごしていました。私は、何処にも豹を見附けられず、元の場所へ戻って岩の板の脇《わき》に坐りました。為《す》ることもないので、また豹の足跡へ目を遣ると、旧い足跡の隣りにもっと大きくて画然《くっきり》とした足跡があるのに気附きました。更に、逆光で見ていた私は、新しい足跡の上に二本の絲が立っているのを見附け、一本を手に取ると、豹の足の毛だと分かりました。勿論、日影は、私が周回する間に幾らか斜度を変じて岩の板へ射すようになりましたが、私が、他の足跡を見落とすことはあっても、毛に気附かないことは有り得ないので、毛は、二度目の周回の間に現れた、つまり、豹は、絶えず私の後を尾《つ》けていたのでした。これは、自分を追躡《ついじょう》する人間の背後に廻るのが虎や豹の常套手段である、と云うよく耳にする話しとも、符合していました。

もはや、一刻の猶予もありません。私は、隠した鹿に鷲が気附かぬうちにと、大急ぎでルゥヴェンの許《もと》へ向かいましたが、彼は、幸い、家におり、私が袋角を持つ鹿を捕まえたと知るや、大層、欣びました。私たちは、近道をし、険しい渓谷を上り、現場へ向かいました。二人は、一つ一つの石を見分けながら、静かに峰伝いに台地を一周りし、私は、岩の板の手前で、自分の足跡を残さぬように、長い棒を用いて下へ跳んでから更に一つ目の茂みまで跳ぶと、風陰《かざかげ》に隠れました。ルゥヴェンは、丘を歩き続け、私は、両肱と旋条銃《ライフル》を石の上に据えて待ち構えました。稍々《やや》あって、匍《は》う豹の黒い影《シルエット》が青い空に映りましたが、その巨きな猫は、私が石の蔭から旋条銃の照準孔を透して自分を見ていようとは想いも寄らずに、匍っているのでした。

ルゥヴェンは、勿論、振り向いたとしても、何にも気附かなかったでしょう。私は、豹が岩の板へ匍い寄り、その上に彳《た》ち、大きな石の向こうのルゥヴェンを覗こうと身を起こした時、銃を構えました。豹は、人間が二人いたはずなのに一人しかいないので動顛し、

《もう一人は、何処《どこ》？》と周囲に訊ねているかのようであり、周囲の凡《すべ》てに訊ねて了《しま》うと、私のいる茂みを訝《いぶか》しげに瞶《みつ》め、私は、相手の鼻筋に照星を合わせると、息を凝らして発砲しました。豹は、足の間に首を俛《た》れ、板の上へ横たわり、尾を幾度か動かし、恰《あたか》も必死の跳躍を行うために身を臥《ふ》せたかのようでした。

私たちは、実に美しい絨毯を手に入れましたが、ルゥヴェンを欣ばせたのは、高価な毛皮ではなく、数多《あまた》の迷信と混然一体になった彼の謎めいた医業にあっては、豹の心臓や肝臓や更には髭さえも、何やら大事な役割を担っているのでした。けれども、彼は、仆れた鹿の袋角を目にすると、そんな貴重なものも、凡て忘れてしまいました。

「沢山、沢山、薬！」彼は、袋角を前頭骨ごと頭蓋から切り取りながら、云いました。そして、なぜ袋角を根元から切らずに骨ごと取るのかとの私の問いに、応えました。

「これで、儂《わし》、三倍、薬、取りたい」

袋角の値打ちは、前頭骨ごと切り取ると、二倍か三倍になるのです。根元から切り取った袋角は、薬として治療にしか使えませんが、前頭骨の附いたものは、玩具にも贈答品にも招福の縁起物にもなり、中国の富裕層の家庭では、硝子に容れて飾られており、時経《ふ》りて形骸と化しても、その枯れた風情が、老いて尚《なお》情欲を昂《たか》める希《のぞ》みを主人に与えるのでした。

「この袋角、歩く、歩く。そして、沢山、薬」ルゥヴェンは、云いました。

特に貴重な朝鮮人蔘《ジェニシェーニ》と同じく、歩く袋角も、値打ちを増しながら、数多の手から手へ《クペザ》から《クペザ》へと渡り、竟《つい》には、最も裕福で狡猾な《マシンカ（訳註、山師《モシェーンニク》）》が、それを最も有力な官吏《マンダリーン》の許へ持参して左の広い袖へそっと差し入れ、官吏が、右手で《クペザ（訳註、商人《クペーツ》）》が欣快に堪えぬようなことをするのでした。

「官吏、マシンカ?」私は、訊ねました。

「官吏、歩く、歩く、好き」ルゥヴェンは、応えました。

私たちが、鹿の肉を背負い、鹿の斑の毛皮や高価な袋角や豹の心臓や肝臓や髭や絨毯を手に提げ、霧山から鷲巣岬の手前まで下りてくると、何と、そこには……。それを目にすると、私は、宝物に力を得て自づと活潑になった思考が冱《さ》え渡り、俄《にわ》かに自信が湧いて爽快な気分になりました。

私は、ルゥヴェンがそこで三十年暮らすうちに幾度も見てきたものを、花の鹿が隘路を抜けて鷲巣岬の草場へ入るのを、目にしたのでした。

ルゥヴェンは、私が、牝鹿を指差し、沢山の薬を常に手に入れる他愛ない計画を告げると、有頂天になって云いました。

「好い《ホロショー》、好い、隊長《カピターン》！」

それは、私の永い考察の対象であり、謎は、未だに氷解していません。なぜ、ルゥヴェンは、私が一寸とした想い附きを伝えたその時から、何時も私を隊長と呼ぶようになったのでしょう？

VIII

ルゥヴェンは、どうやって捕まえたのか、美しい雉を差し出しました。

「食べよう」蒙古雉の白い肉の美味しさを知っている私は、そう云いました。

ルゥヴェンは、応えました。

「食べる、好き《リュビー》、好き、私、コントラミ（原註、刎頸）、駄目、隊長《カピターン》」

私が雉の頸を刎《は》ねると、云いました。

「好い《ホロショー》、隊長！」

そして、羽を毟《むし》り始めました。それから、私たちは、汁《スープ》に米を加え、舌鼓を打ちました。

勿論、雉の頸を刎ねるのは、何でもありませんが、それでもやはり、なぜこの私がルゥヴェンの隊長になったかを想うと、そんな何でもないことも、考察の対象に加えずにはいられませんでした。想い附きだけではなく、刎頸《ふんけい》も、隊長の資質なのでした。ルゥヴェンは、生命の根を探すうちに、静かで深みのある人となりましたが、森《タイガー》へ遣って来た當初は、そんな人ではなかったようです。彼は、嘗《かつ》て、中国人の野獣猟者たちと一緒に、鹿や赤鹿《イジューブル》や麕鹿《のろじか》を残酷な中国式の誘導柵《ルーデワ》を用いて捕まえていました。密生する樹々を倒し、樹間に獣の通り路を設け、何処《どこ》かに穴を掘って細枝で覆うと、獣は、そこへ落ち、足を折ることもよくありました。ルゥヴェンは、小犬を連れて、堅雪《ナースト》の上で鹿を捕まえていましたが、気の荒いその犬は、鹿が堅雪で傷だらけになった足を止めるまで、その脇腹に喰らい附いて駆けていくのでした。中国人たちは、堅雪の上で捷《はしっこ》い犬を嗾《けしか》けて鹿を海へ逐《お》い落とすと、小舟でそれを捕まえて縄で縛りました。そして、袋角《パーントィ》が生えるまで飼い育ててから、高価な袋角を切り落とし、屠《ほふ》って肉を得るのでした。けれども、ルゥヴェンが他の中国人の野獣猟者たちと共に富裕層向けの歩く袋角だけを需《もと》めて稀少で絶滅寸前の鹿にそんな酷い仕打ちを加えていたとは、想像もできません。彼は、そのように野獣猟者として森の生を始め、勿論、今では、足跡を見定めて獣の肚《はら》を読むことができ、獣と同じように考えることさえできたでしょう。人は、そうした追跡猟者《スレドプィート》たちのことを畏敬に充ちた驚きを以て語るものですが、私は、この森の追跡猟者の経験に対してそうした念を抱きませんでした。化学者の私は、そうした森の追跡猟者を束にしたよりも幾千倍も優れた追跡猟者であり、凡《あら》ゆる物体の性質を化学的に分析して構成部分の数量を四桁まで正確に把握することのできる私にとって、未開人の追跡猟者の知識など何でしょう！　更に、私は、化学に対するような旺盛な関心を凡ゆる分野へ向けることができ、一つの仕事に於ける私的な経験に一生を捧げた凡ゆる追跡猟者を凌《しの》ぐことができます。否《いや》、私を驚かしたのは、そうした森の生への旺盛な関心ではなく、ルゥヴェンが自然の凡ゆる存在に対して抱く骨肉《ロートヴェン》の情《ノエ・ヴニマーニエ》なのでした。私は、森の生を見極めることのできる彼にではなく、この世の凡《すべ》てを甦《オジヴリャーチ》えらせることのできる彼に、驚いたのでした。どうやら、彼は、何かが人生の大きな転機となって暴戻《ぼうれい》な稼業から足を洗い、生を泯《ほろ》ぼす野蛮な狩猟を生命の根の採取に切り替えたらしいのでした。誰にも、決して語ったり訊ねたりすべきではない過去と云うものがあり、過去そのものは、多くを語りません。人は、自分の行いに依《よ》ってそうした自身の根深い過去について語り、他人や知人は、その行いを目にして自づと察します。私は、ルゥヴェンが兄弟の大家族を抱えているのを知っており、ルゥヴェンは遺産分けか何かの折りに腹を立てて実の兄弟の不倶戴天の敵として森へ去ったのだろうと屢々《しばしば》想っていました。彼は、自分を用なしと看做す父親に自分が兄弟よりも立派に独り立ちできることを証すためにのみ、最初の十年を野獣猟に費やしたのかも知れません。そして、時経《ふ》りて、父親に示す証拠を携え、兄弟への侮蔑の念を抱いて、中国へ遣って来たものの、証明する相手もいなければ、軽蔑する相手もいませんでした。中国ではよくあることですが、何かの疫病が流行した後、ルゥヴェンの兄弟の妻だけが、沢山の幼子《おさなご》を抱えて生き残ったのでした。まさにそれを機にルゥヴェンが滲《か》わったことは、充分に考えられます。彼の生は、証しのためのものでしたが、証明する相手が、忽然と消えてしまったのです。後に中国人たちから似たような話しを沢山聞きましたが、ルゥヴェン自身からそんな話しを聞いたとしても、彼が房子《ファーンザ》の脇に手づから植えた二本の大きな楊《トーポリ》が語るよりも多くが私に語られることは、なかったでしょう。彼は、何と嬉しそうに、それらの樹々と交わったり、緑の中で彼を待つ色々な生き物に絶えず自分の中国の言葉を囁《ささや》いたりすることでしょう！　彼の好きな鴉《ヴォローナ》は、私たちの国の鴉のように灰色（訳註、頭巾鴉《セーラヤ・ヴォローナ》）ではなく、黒い（訳註、嘴細鴉《チョールナヤ・ヴォローナ》）のでした。最初は、《ほら、深山鴉《グラーチ》！》と想いますが、よく見ると、深山鴉の鼻は白いのにこちらは黒いことに気附きます。《おや、渡り鴉《ヴォーロン》！》　すると、不意に、その黒い渡り鴉が、私たちの国の頭巾鴉の聲で啼くのです。これは、実に賢い鴉で、ルゥヴェンが森へ行く時には、樹から樹へ飛び移って永いことと見送っていました。更に、鶫《ドローズド》や尾長《ゴルバーヤ・ソローカ》や郭公《ククーシカ》や翡翠《ジモロードク》や高麗鶯《イーヴォルガ》や真似師鶫《ペレスメーシニク》が、樹の上におり、鶉《ペレピョールカ》が、地面を駆け、私たちの国の鶉のように《ピーチ・ポローチ！》ではなく《野郎ども《ム・ジ・キー》！》と茂みの中で啼いていました。凡ての鳥が、私たちの国の鳥と肖《そっく》りで、直ぐにそれと分かるのですが、一寸《ちょっと》したところが、何となく異《ちが》うのです。星椋鳥《スクヴォレーツ》は、やはり黒くて鼻が黄色くて羽に虹色の光沢があり、今にも囀《さえず》るかのように羽を一杯に展《ひろ》げるので、私たちの国の星椋鳥のように春らしくちっちっと啼《な》き始めるかと想って胸を高鳴らせても、期待は美事に裏切られ、嗄《しわが》れ聲で啼くばかりです。郭公は、《ク・クー》ではなく《ケ・ケー》と啼きます。ルゥヴェンは、朝な朝な、鳥たちと語らい、鳥たちに餌を遣り、私は、そんな友愛や生きとし生けるものへの骨肉の情のようなものが、迚《とて》も気に入りました。特に気に入ったのは、それが何かの理由に拠《よ》るものであったり善い生活として誰かに慫慂《しょうよう》されたりしたものではなく、彼が規矩準縄《きくじゅんじょう》に一切囚《とら》われず、凡てが自然に行われているところでした。雉が手に入り、食べたいと想っても、《刎頸《コントラミ》》が必要ならば、どうなりましょう？　彼は、そんな訣《わけ》で、自分よりも適任である隊長に《刎頸》を頼んだのですが、その代わり、隊長が消えゆく美しい獣の濫獲《らんかく》に憤《いきどお》って獣の保護と繁殖を目指していることを知り、どんなに欣《よろこ》んだことでしょう！

私たちは、私の計画を遂行するために、早速、自分たちの峡谷《ラスパードク》で葡萄や朝鮮五味子などの蔓《つる》と云う蔓をどっさり刈り集め、獣が遠くから煤の匂いを嗅いで人間の濫獲の意図を読み取って恐怖を覚えるように、それらの蔓の縄を火で燻《いぶ》し始めました。そして、それを積み込んで一人で運べるように、急いで橇《そり》を拵《こしら》えました。私は、夜の白むずっと前から霧山《トゥマーンナヤ・ゴラー》の上におり、花の鹿が鷲巣岬《オルリーノエ・グネズドー》へ仔鹿を連れていくのを待って合い図の火を熾《おこ》しました。私が、霧山を下り始めて半道も行かないうちに、ルゥヴェンは、隘路《あいろ》に陣取り、母鹿は、万事休すでした。牝鹿は、敢えて人間に向かうよりは海の尖り石へ身を投げるほうを択《えら》んだかも知れませんが、二進《にっち》も三進《さっち》も行かず、鷲巣岬は、その時から、小さな岩場の世界一美しい動物園となりました。私たちは、夜半まで、隘路を塞《ふさ》ぐように燻した蔓の縄を張り渡す作業を続け、翌朝には、鹿たちが草場から棲み馴れた峡谷の蔭の多い場所へ移るのを石の蔭に隠れて待ち、花の鹿が岩場の鹿の径を通って心置きなく出口へ向かうのを目にしました。前日、私たちは、柱にする傘松《ピーニャ》を一本伐《き》るために、鹿の径を岬まで歩きましたが、今、牝鹿は、私たちの足跡まで来ると、鼻の孔を膨らまし、何かを嗅ぎ附け、身を屈めました。それから、頭を高く擡《もた》げ、燻した蔓を嗅ぎ附け、こちらを向いて危険を察して一聲啼くと、身を翻して走り出し、仔鹿も、後に続き、母鹿の膨らんだ白い尻を見失わぬように、何とか楢《ドゥーブ》の茂みを駆けていくのでした。

　私は、その母鹿はまさに私の花鹿《ファルゥ》であると信じて疑いませんでした。左耳に小さな孔がありましたから。私たちは、牝鹿を見送ると、嬉々として待ち臥《まぶ》せの場所を後にし、その時から、柵を拵える連日の作業に入りました。私たちの結束は、自発的なもので、私は、教養ある欧洲人であり、中国人からすると何でも迅《すみ》やかに解明して新しいものを考案して想わぬことを発見できる隊長であり、彼は、森や獣を知悉するばかりでなく持ち前の骨肉の情に依《よ》ってそれらを深く理解して森の凡《すべ》てを一つに統《す》べることもできる甲羅を経た朝鮮《ジェニ》人蔘《シェーニ》の採り手なのでした。私は、真の人間の文化と云う面で彼を先達として敬慕しており、彼は、私に高潔な欧洲人を感じているらしく、多くの中国人が相手が自分を騙したり虐《いじ》めたりしないと確信した時にのみ欧洲人に感じるような嬉しい驚きや温かな親しみを以て、私に接していました。とは云え、勿論、私は、始められた仕事が私たちを何処《どこ》へ導くかとか、これは無線や航空に比肩する新しい事業であるとか、そんなことは、考えていませんでした。人は、文化の黎明《れいめい》にのみ動物の馴化《じゅんか》を手掛け、数種の家畜を手に入れると、なぜかその仕事を抛《なげう》ち、慣習に順《したが》って、家畜と共生し、野獣を仕留めてきました。私たちは、これまでに蓄積された計り知れない知識を携えて、その抛たれた仕事へ復帰したのですが、勿論、私たちは、異なる人間であり、文化の黎明に未開人が着手した仕事も、異なる形で創り出されねばなりませんでした。

IX

西比利亜《シベリヤ》が、息を吹き掛けると、沿海地方南部の亜熱帯も、西比利亜の衣を纏い始めました。山の光る蟲は、疾《と》うに跡形もなく姿を消し、成長した雉は、颱風が梳《くしけず》った楢《ドゥーブ》の茂みやあれこれの濃い藪《ザーロスリ》の中の牢固な隠れ処を後にしました。朝寒の下《もと》、葡萄の葉は、紅らみ、接骨木《にわとこ》は、黄金に染まり始めました。とは云え、最も肝腎なのは、居坐る霧が去ったことで、太陽は、私たちの国では春に現れ、ここでは秋に現れましたが、何と云う太陽だったでしょう！　それは、伊太利亜《イタリヤ》の日輪さながらに燿《かがよ》い、西比利亜の秋は、その日影を浴びて、私たちの国の普通の気候の凡《あら》ゆる春の花よりもずっと鮮やかに炎え立ち華やいでいくのでした。九月初めの寒い朝、赤鹿《イジューブル》が、森《タイガー》で咆《ほ》え始め、或る月の夜、私とルゥヴェンは、自分たちの小さな房子《ファーンザ》で、咆哮に続いて角の打《ぶ》つかる乾いた音を耳にしました。

或る時、何処《どこ》かで赤鹿が咆え始めると、別の場所で何ものかが赤鹿に肖《そっく》りな聲でそれに応えましたが、ルゥヴェンは、呼び交わす二つの聲の僅かな異《ちが》いに気附きました。虎は、赤鹿の咆哮を真似ることができ、人間は、盛りの附いた赤鹿を白樺樹皮の笛で誘《おび》き寄せることができ、ルゥヴェンは、二つ目の咆哮の主は虎か人間に違いないと云い、私たちは、どちらが咆えているかを慥《たし》かめようと耳を澄ましました。ほどなく、一つ目の咆哮が、動かぬ別の咆哮に歩み寄り、どんどん近附きどんどん逼《せま》り、ものみな、静まり返りました。赤鹿は、そっと近寄り、時折り、何処かで枝の折れる音が微かにし、虎は、森の草地《ポリャーンカ》の縁に身を臥せて今にも躍《おど》り掛かろうとし、人間は、撃鉄を起こして赤鹿を真似て態《わざ》と何かの枝を折り、森は、虎か人間かと云う恐ろしい自問のうちに不気味に黙《もだ》していました。すると、紛れもない旋条銃《ライフル》の銃聲が、不意に静寂を破り、人間が、梟《けり》を附けたのでした。

　冬の眠りを前に溢れる日影の中で華やいで鮮やかに炎え立つ樹々、あの悶《もだ》える獣の悩ましい咆哮、そこには、鹿たちには、何と云う愛があることでしょう！　或る時、私は、角が絡み合う二つの頭蓋骨を茂みの中に見附けましたが、大力の二頭の赤鹿は、牝を繞《めぐ》る一騎打ちに於いて八端《はったん》の角を絡み合わせた儘で命を殞《お》としたうえに、何処かの狡猾漢に幸福を攫《さら》われて、嘸《さぞ》かし無念だったでしょう。

日に日に、朝寒が募り、山葦は、払暁には透かし模様《レース》を纏《まと》い、日が昇ると露を帯びて雫を燦《きら》めかせます。そのうちに、冱寒《モローズ》は、朝日を然《さ》ほど恐れなくなり、冱寒の結晶は、水滴よりもずっと清《さや》かに日に燿《かがよ》うようになります。日本鹿は、赤鹿の発情期に自身の苦患《くげん》の時に備えます。私は、夕映えの中で、牡鹿が悉《すっか》り骨と化した角から毛を慎重に辛抱強く樹で擦り取るのを、幾度も目にしました。日本鹿は、赤鹿が咆えているうちに闘いに備え、熟れゆく葡萄が冱寒に晒されて甘みを増す頃に咆え始めるのでした。

私とルゥヴェンも、自分たちの日本鹿の養殖場のために牡を確保する必要があり、やはり発情期に備えます。私たちは、花鹿《ファルゥ》を手懐《てなづ》けようとしていました。発情期に花鹿を放し、牡たちがその争奪戦を始める時に、白樺樹皮の鹿笛の耳馴れた呼び聲で誘《おび》き寄せれば、情慾に囚われた牡たちも、後に続き、私たちの許へ駆け込んでくるはずです。困ったのは、今年は、鷲巣岬《オルリーノエ・グネズドー》の草場で鹿の食む草がよく茂ったため、花鹿が、そこに神輿《みこし》を据えてしまい、鹿の好きな樹の枝で作る輪っかにも玉蜀黍《とうもろこし》や大豆の実にも食指を動かさないことでした。花鹿は、黄色い草場に生えていて私たちには頓《とん》と見えない低い草を、悉《すっか》り黄ばんだ山葦の間に見附け、身を屈めてその緑の草を毟《むし》ったり、木蔭に凝《ぢ》っと佇《たたず》んだり、仔鹿に食べさせたり、時には寝転んで自身や仔鹿の体から有害な壁蝨《だに》を払おうとしたりして、漫然と時を過ごしているのでした。或る時、花鹿は、私の足跡を嗅ぎ附けても、それまでのように遁げず、私がその辺に隠れてはいまいかとその足跡を一寸辿《ちょっとたど》り、私を目にしても、他の鹿のように無闇に駆け出しはせず、颯《さ》っと踵《きびす》を返して仔鹿と共に静かに去っていきましたが、私は、竟《つい》にそれを目にし、どんなに欣《よろこ》んだでしょう。或る時、私の足跡を嗅ぎ附けた花鹿は、私が白樺樹皮の笛を吹き始めると、こちらを向いて足を止めて永いこと耳を澄ましましたが、それが何のためかを知ろうとしても分かろうはずもなく、屹度《きっと》、定石を蹈むに越したことはないと想ったのでしょう、足を蹈み鳴らして一聲啼くと、静かに去っていきました。私は、毎日缺《か》かさず花鹿と戯れ、花鹿は、笛の音を耳にするや、草を食《は》むのを歇《や》め、私の姿が見えるまで近附くと、足を止めて永いこと耳を澄まし、こちらが笛を吹き歇むまでずっと佇んでおり、仔鹿は、為《す》ることもなく母の乳を咥《くわ》えたりしているのでした。けれども、私は、最初の夏に花鹿を笛で手許まで近附けることはできませんでした。

一方、沍寒《モローズ》は、然《さ》ほど厳しくはないものの、凡《すべ》ての葉を乾かして色附かせていました。

楓の小さな葉は、薄紅に染まり、満洲胡桃の大きくて立派な葉は、黄金に染まり始めました。葉洩れ日の中で翠玉色《エメラルド》に映る葡萄の葉を棹立ちで毟ろうとする花鹿を私が初めて目にしたズスへ川の岸辺は、どんなふうだったでしょう！　夏には、葡萄の絡まる樹々が犇《ひし》めく緑の部落《アーウル》のようでしたが、今は、それらの茅屋《ヒージナ》が、凡て葡萄で紅く染まり、私が運命の時を刻むことになった緑の天幕《クーシチャ》が、紅や黄に彩られていました。これまでは、葡萄があれこれの樹の息の根を悉《すっか》り止めているように想われましたが、今は、樹が葡萄の葉の蔭でも光りと棲み処を確保していたことが分かり、その満洲胡桃の樹が、葡萄の紅い葉の下から黄金に燿《かがよ》い、冱寒に晒されて熟れた満洲山葡萄の黒い房が、紅や黄を背景にあちらこちらに垂れ下がっているのでした。

或る夜、ルゥヴェンは、私を起こして外へ誘《いざな》いました。彼は、大熊座（訳註、北斗七星）が鍋の角の部分を黒い山へ凭《もた》せ掛けて尾の尖《さき》の星を黒い山の峰から手繰り出そうとしているほうを、私に指差しました。何と云う星が現れたことでしょう！　何と沢山降っていることでしょう！　空気は、澄んで乾いて凍て附いていましたが、奇天烈な音が、不意に静寂を破り、大熊座の下の山のほうから聞こえてきました。その音は、日本鹿のような啼き聲で始まり、警報《サイレン》とは逆に高い啼き聲が急に太さを増しつつ最も低くなって咆哮に変わるのでした。峡谷《ラスパードク》の向かい側では、肖りな聲《そっく》がその啼き聲と咆哮に応え、更に遠くの霧山《トゥマーンナヤ・ゴラー》でも、咆哮が聞こえ、更に遠くでは、こちらの咆哮の谺《こだま》が微かに聞こえ、更に遠くでは、こちらの谺の谺が聞こえるのでした。

竟《つい》に、待ち兼ねていた時が訪れ、日本鹿の発情が始まったのでした。

咆哮は、朝まで続き、夜が白むと、背中に画然《くっきり》と黒い条《すじ》の入った大きな牡鹿が、山の斜《なぞ》えの森の草地《ポリャーナ》の端に佇《たたず》んでいました。それは、私が水浴びをする小川へ他の鹿たちと共に近附いてきた黒 背《チェルノスピーンニク》かと想われましたが、こうして遠くから眺めると、一段と厳めしく感じられ、頭を高く擡《もた》げて絶えず辺りを見廻しながら不安げに何かを待つように静々と歩いており、茂みの中に何かの気配を感じると、一散にそちらを目指し、牝鹿が茂みから跳び出して駆け出すと、後に続いて山の峰へ向かいました。すると、曙光が、山の峰の背後から射し込み、凍て附いた山葦が、一斉に燿《かがよ》い始め、山の燦《きらめ》きが、こちらの目を眩《くら》ませました。私とルゥヴェンが駆け上がった時には、牝鹿は、お転婆娘がよく遊びで女友達の間に紛れて身を隠すように、草を食む群れの中に隠れ遂《おお》せていましたが、この無類な牡鹿へと至る通行証《プロープスク》は、群れのどの鹿にもありません。黒背は、緩やかに歩を運んでいます。夜間には、悩ましい情慾をできるだけ鎮めるかのように、何処かで泥浴びをしていました。何も口にしておらず、腹は引き攣《つ》るように緊《し》まっています。情慾は、何の悦びも苦しみ以外の何ものも齎《もたら》さず、生は、間断なき悩ましい咆哮のうちに盡《つ》きようとしています。この牡鹿は、束の間の安寧も見出ださず、もしも牝の群れ《ハーレム》のうちの一頭でも逃亡を企てたなら、間髪を入れずに群れへ連れ戻すことでしょう。

突然、鹿たちの頭が、揃って同じほうを向きましたが、そちらでは、何かの角が、丘の背後から現れようとしているのでした。黒背は、警戒しましたが、その角は、大したことはなく、中くらいの極く普通の牡鹿が、遁げ去った牝鹿の足跡を辿って近附いてくるのでした。黒背は、その牡鹿を逐《お》い払うこともなく、鼻を一寸皺《しわ》めて鼻嵐を吹かしただけでしたが、相手は、一歩も動けず、釘附けにされたように斜《なぞ》えに彳みました。足跡の匂いは、風にも地面にも感じられました。その丘からは、牡鹿たちが、その牝鹿の足跡を嗅ぎながら同じ径を通って近附いており、頭を下げるかのように手前の丘の後ろに隠れては、ひょいとその丘の背後から角を現しながら前へ進んでくるのでした。どれも、黒背が鼻の孔をぴくっと動かすだけで立ち竦んでしまうような牡鹿ばかりでしたが、不逞の輩も、現れました。すると、黒背は、鼻を皺めて灰色の舌を脇へ出し、相手に突進して逐い払うのでした。牡鹿たちは、逐い払われても、またそっと立ち向かい、そのうちに、牝の群れの主は、その忌《いま》わしい鹿たちがただ馥《かぐわ》しい空気を吸って群れの脇に凝《じ》っと佇んでいるだけならば自分には何の損も害も及ばないことを悟ります。大角の代わりに錐《きり》状の角を冠する若い鹿たちは、為《す》ることもなく、成獣を真似て啼いたり、鼻嵐を吹かしたり、相手を退《しりぞ》けようと永いこと額を突き合わせたりしていました。こうして、如何《いか》にも鹿らしい長閑《のどか》な牧歌もしくは長閑な平和が、徐々に定着し、牝鹿たちは、発情しつつある牝鹿を自分たちの群れに隠して静かに草を食み、當歳《サヨーク》の仔鹿は、山羊のように額や錐状の角を突き合わせて戯れ、家来の牡鹿たちは、牝の群れの逞《たくま》しい主の意の儘に恭しく山腹に佇んでいるのでしたが、群れ全体が、不意に何やら馴染みのない匂いを嗅ぎ附け、盛りの附いた牝鹿の足跡を辿って牡鹿たちが越えてきた丘のほうを振り向きました。ほどなく、丘の背後から角が現れてくるのが見えましたが、何と云う角だったでしょう！　それは、次第に大きくなり、鹿たちは、何処まで大きくなるのかと不安げでしたが、無双無敵の額を持つ逞しい頭が角に続いて現れるや、凡てが瞭《あきら》かとなりました。森の最強の王が、遣《や》って来たのでした。私も、その逞しい牡鹿は私がチキ・チキ峡谷へ来た日に見惚れた灰目《セールイ・グラーズ》であると直感しました。あの時にも、他の鹿と比べて、黒背と比べてさえ、堂々としていましたが、今や、その首は、ぱんぱんに膨らみ、灰色の冬毛は、顎鬚《あごひげ》のように首の下から垂れ、血の滾《たぎ》る敏感な袋角《トイパーン》は、敵を殺める目の上の枝角を具えた恐るべき干戈《かんか》と化していました。この牡鹿は、黒背と同じように全身が泥に塗《まみ》れ、自分の性液の撥ね掛かった筋肉質の腹が引き攣《つ》るように緊《し》まり、鹿の生を次の世代へ継ぐ無二の権利を物にできれば何でも為《す》る気でおり、我を忘れているのでした。灰目は、群れを一瞥して一寸足を止めると、立ちどころに凡てを悟り、他の鹿たちも、直ぐに相手のことが分かりました。牡鹿たちの力は、過去の闘いに於いて量られていたのでしょうが、もしかすると、風丰《ふうぼう》に表われているだけなのかも知れません。灰目と群れの間にいた牡鹿たちは、颯《さ》っと脇へ跳び退きました。黒背と灰目は、恐らく以前から相手を殺《あや》めたいほどの怋《うら》みを抱《いだ》き合っており、両雄の間には、自分たちは出遭わないに越したことはなく出遭ってしまったなら遁《に》げも隠れもせずに死闘を演じると云う暗黙の諒解があったのかも知れません。慥《たし》かに、角は恐るべき干戈ですが、角だけが肝腎と云う訣《わけ》ではなく、角のない鹿が角を持つ鹿の肋《あばら》を折ることもありました。とは云え、灰目の角は、秘めた力を示していました。一方、黒背の狡《ずる》そうな目には、手強い相手を係蹄《わな》や奸計に嵌《は》めようと云う意図が窺われました。《この身は、惜しくないが、お前も、只では済まん！》けれども、灰目は、問答無用とばかりに頭を下げると真っ向《こう》から攻め掛かり、相手と角や額を突き合わせるのでした。黒背は、ぐらついたものの何とか怺《こら》え、倒れまいと足を蹈《ふ》ん張っていました。膝を突いただけでも、相手は、角を引き抜いて目の上の枝角をこちらの脇腹や心臓へ突き刺すことができ、そうなると、万事休すですから。逆に、疲憊《ひはい》したり転倒したりさえしなければ、幾らでも角や額を突き合わせることができます。凡《あら》ゆる点から推《お》して、精も魂も盡き果てる持久戦になりそうでしたが、黒背は、攻める際に足許の木株を前足に支《か》ったお蔭で、相手をしたたか打つことができ、森の王は、堪《たま》らずに膝を突いてしまいました。けれども、黒背は、有利な形勢を活かせず、死の危険を感じて体勢を立て直した灰目に強打を喰らうと、前足の膝を突いたばかりでなく、ぐらついて横倒しになりました。そして、その脇腹に相手の角が突き刺されば、二度と立ち上がれまいと想われましたが、灰目は、不意になぜか泯《ほろ》びゆく敵と共に倒れ、両雄は、死の痙攣《けいれん》に見舞われたように地面の上で打ち合って気息奄々《えんえん》としているのでした。

何とも不思議な光景でしたが、これを目にしたことのあるルゥヴェンは、直ぐにぴんと来て、欣び勇んで縄を取りに行きました。私たちは、角の絡み合う二頭の鹿が離れるか片《かた》端《わ》になるかする前に、それらを捕縛しなくてはなりませんでした。

何と云う僥倖でしょう、何と云う珍事でしょう！

けれども、それは、運が好かったからであり、その後には、不運が訪れるものです……。

私たちの仕事は、幸先《さいさき》好く始まり、私たちは、鹿の発情の王である灰目とその仇敵《きゅうてき》である性悪《しょうわる》な黒背と云う二頭の無類な牡鹿を捕縛し、更に、ルゥヴェンは、四頭の若い牡鹿と二頭の當歳の仔鹿を誘導柵《ルーデワ》を用いて擒獲《きんかく》したのでした。

X

惟《おも》うに、夜明け前の刻限は、人が水魚の交わりを愉しんだり逆に叱言《こごと》や嫉妬や胸騒ぎや病める赤子の泣き声に散々苦しんだりした後で明け方に死んだように眠る、有り触れた幸福の代わりに、与えられています。

この有り触れた喜悦と痛苦の入れ替わりは、勿論、私の裡《うち》にも起こりますが、家は、この幸福の裡に築かれ、自然の凡《すべ》ての力と一つになった私は、幸福の代わりに与えられる夜明け前の刻限に人知れぬ普《あまね》き務めに勤しみ、果報者は、そのお蔭で日影の中で目覚めて頻りに歎声を上げるのです。《噫《ああ》、今日は、何と素晴らしい朝！》

私は、何時《いつ》もルゥヴェンよりも早く起き、数十分、何か堅いものに凭《もた》れ、何かを待ちながら思索に耽り、自然には二脚の椅子のように消りな日はなく一日は一度だけ現れて永遠に過ぎ去った、との結論に至ります。夜明け前の刻限に、質的に新しい未曽有のその一日が定まりゆくにつれて、私も、何か自身のことを想い、私の裡で凡てが一つになり、外から新たな一日が形成されると、仕事へ赴きます。けれども、勿論、何処《どこ》か茫《ぼう》とした朝で、何も理解できず、想いが纏《まと》まらず、私の斧鉞《ふえつ》が今日も昨日のように動くが儘《まま》に動いてこつこつ音を立てる、と云うこともあります。春と夏に居坐る霧が去った秋と冬のこの地方の暁闇《ぎょうあん》の空は、何とも魅力的です。冬の空は、伊太利亜《イタリヤ》の日影の力を帯び、払暁には、実に彩り鮮やかな大地が展《ひら》けるものの、西比利亜《シベリヤ》の風が、凡てを泯《ほろ》ぼし、大いなる光り全体が、海へ向かい、海や大洋全体が、青く見え、色々な岩が、青を背景に黒く見え、颱風に立ち向かう永遠の闘士さながらの岩の上の傘松《ピーニャ》は、何時《いつ》も異なり、一つも似たものがないのでした。そして、日影がぐんと増し、青の上に黄金の道が何処までも展けると、地上でも何かの色が現れるなら、凡ゆる小さなものが、色褪せた斑《まだら》でさえも、実に清《さや》かな花と化すのでした。私が花鹿《ファルゥ》と出逢った緑の葡萄の天幕《クーシチャ》で今も残っているのは、黒い葡萄の蔓が枝に絡まる一本の黒い樹だけであり、小窗《こまど》のあった場所には、蔓が輪っかのように垂れ下がり、実際はそう紅くないかも知れないもののその光りの中では血のように紅く見える一片《ひとひら》の葡萄の葉が、その輪っかの中で顫《ふる》えています。生気のない黄色い草場では、余りにも鮮かなので撃たれた鹿の血の溜まる紅い皿を想わせる西洋躑躅《アザレア》の紅葉の残りが、斑を成しているのでした。

大地は、朝の日影に隈《くま》なく照らされ、窪地《ロシチーナ》には、それまで見えなかった鹿の草場の隅々《すみずみ》や、馴鹿《トナカイ》のように雪の下から蹄《ひづめ》で草を蹴り出すことができない日本鹿の冬場の餌となる灰色の筒状の葉を持つ楢《ドゥーブ》の茂みが、姿を見せています。科木《リーパ》や楢の藪《ザーロスリ》が雪に覆われてしまったなら、どうなりましょう？　冬場に、何を鹿に食べさせましょう？　そんな不安に駆られたなら、樹に凭《もた》れて彳《たたず》んではいられません。私たちは、斧を手に枝葉を伐りに出掛けました……

ルゥヴェンが、森《タイガー》へ合い図を送ると、中国人の働き手たちが、私たちの房子《ファーンザ》へ遣って来ました。私たちは、花鹿だけが気儘に草を食んでいる柵で囲われた鷲巣岬《オルリーノエ・グネズドー》に、鹿の休息所《ストーイロ》と牧養地《ヴィーグル》と袋角切断用の小屋を持つ養殖場を造りました。終日《ひねもす》、みんなして働き、晩には、私が計算をしたり記録を附けたり袋角切断用の装置を編み出したりするのでしたが、鉄や釘や針金など沢山のものが入り用であり、螺子《ねじ》や鉤針や蝶番《ちょうつが》いに代わるものも見附けねばなりませんでした。私は、骨牌に興じる中国人たちに目を瞠りました。中《あた》り札が来て賭け金を貰う人は、自分の札や中り札を見せることなくみんなの札の堆《やま》へただ投げ込んで賭け金を掻き集めます。如何様《いかさま》は、不可能であり、誰も、その人を疑いません。適《あっぱ》れなものです。発覚すれば、耳を引っ張られるどころでなく、その場で殺されるので、みんな、命が惜しくて如何様をしないのですが、それは、余り適《あっぱ》れとは云えません……。有りと凡《あら》ゆる解決不能な問題が続出し、それらは、指南書もなく教養人もいないために解決できないと想われもしましたが、私が後に確信したように、実際には、問題は、誰かの考えを記した指南書があれば、一時的に鳴りを潜めたり先送りされたりするものの、解決はされず、問題の解決は、坐学にではなく、臨機応変な行動にあるのでした。私と中国人の主な異《ちが》いは、私が、凡てを計算し記録し自ら把握するのに対し、彼らが、何ごとも記憶や信用に頼るところです。私が、凡《すべ》てを計算し記録し養殖場や袋角切断用の装置の簡単な図面を画きさえすれば、それだけで、彼らは、みんな、私を隊長《カピターン》と呼ぶのです……。なぜでしょう？　慥《たし》かに、解決が必要なのに照会するところのない切実な問題は、沢山あります。

私は、自分の隊長の権能がまさに何に由来するのかを審《つまび》らかにしたいと想いました。この権能は、ずっと以前から計算や記録や実行の面で土着民を凌駕してきた私の故地アルセヤの一部なのでしょうか、それとも、単に私が欧洲人であり中国人の目には隊長資本《カピターン・カピタール》の活動家に映ると云うだけの理由で、彼らの隊長になったのでしょうか……。実に沢山の色々な問いが、頭に泛《う》かびましたが、応えが見附からず、孤独の苦しみや余りにも劇《はげ》しい疼《いた》みを感じたため、計算し記録し袋角切断用の装置を編み出す力も失せてしまうほどでした。そんな時には、甲羅を経たルゥヴェンが、何時《いつ》も私を励ましに来てくれて、私の生命の根は、害《そこな》われておらず、一時的に身を竦《すく》めただけであり、鹿がその頭を蹄《ひづめ》で蹈み附けたとしても、幾年《いくねん》かすれば、必ずその茎の尖《さき》の花が上へ伸びることを、面と向かってではなく、頰笑みに依って、想い出させてくれるのでした。私が、時には余りにも執拗にそして永いことこれについて考えるので、その生命の根は、伝説と化し、血と共に脈動して私の力となり、突如として、劇しい喜びが、劇しい疼みに取って代わり、ルゥヴェンや中国人の働き手たちをも何かで欣《よろこ》ばせたいと云う想いが、湧いてくるのでした。ひどい《ちゃん《モヤー・ポ・》ぽん《トヴォヤー》》語ながら、私は、東方の諸民族が、自分たちの凡てを自分たちのために戍《まも》って自分たちも同じように隊長になるためには、計算や記録が必要であることを、ルゥヴェンに説こうとしました。ルゥヴェンは、その優しさゆえに、私だけではなく鳥や獣をも理解しています。

「あんた、数える」彼は、紙を指差し、云います。「あんた、これ分かる？」

「嗚呼《ああ》、勿論、分かる」

「儂《わし》、数える、分からん、儂ら、あんた、援《たす》ける、それで、好い《ホロショー》、好い、沢山、沢山、薬！　あんた、数える、儂ら、あんた、援ける！」

XI

発情も畢《お》わり、受胎した最後の牝鹿が、冬籠りのために霧山《トゥマーンナヤ・ゴラー》の棲み馴れた峡谷《ラスパードク》へ去ると、餓えや咆哮や不断の牝探しや戀の鞘當《さやあ》てに疲れ果てた牡鹿たちは、何ごともなかったように群れを成し、篤《あつ》い病いを癒《いや》すために山の松林《ケドローヴニク》を目指します。私たちも、擒《とりこ》の鹿を養殖場の房《チェンニーク》から外へ放し、昨日まで仇《かたき》同士だった鹿たちも、空洞の巨木で拵《こしら》えた長い秣桶《まぐさおけ》の餌を睦まじく食《は》むようになりました。そこには、鹿の王である逞《たくま》しい灰目《セールイ・グラーズ》、後ろ暗い肚心算《はらづもり》がその目から窺える仏頂面の黒背《チェルノスピーンニク》、日本鹿には珍しい大きな鳶色の目をして全身をぴんと伸ばした三歳の若い鹿である粧し屋《シチョーゴリ》、小柄ながらずんぐりとして実に温和《おとな》しくて瞶《みつ》められると目をぱちぱちさせる瞬き屋《ミグーン》、そして、鹿の班《まだら》は不揃いなのが普通なのに白い班が紅い毛の上に整列しているので同じ胎《はら》から生まれた兄弟と知れる広角《ラズヴァーリストゥイ》と反角《クルトローギイ》がいました。私たちは、若い鹿や當歳《サヨーク》の仔鹿をなぜか仔熊《ミシュートカ》と呼ぶようになりました。鹿の牧養地《ヴィーグル》は、生えている樹を柱としたために歪つな形をしたそう小さくもない庭でしたが、私たちは、袋角《パーントィ》を持つ鹿が暑い日に蔭で涼めるように、庭の樹に一切手を附けませんでした。樹々をその儘にしたのは、必要なら長い棒を打ち附けて三角の空間を造るためでもあり、房のある隘《せま》い回廊を頂点とした三角の庭の底辺にいる鹿たちを急き立てれば、みんな、房のある隘い回廊へ向かうはずなのでした。回廊の端には、袋角切断用の装置がありましたが、それは、底の動く函《はこ》で、そこへ落ちた鹿は、両脇を板で支えられて吊り下がり、足が宙に浮きます。こうして、袋角を切ったり体重を測ったりするために、何《い》時《つ》でも鹿を捕まえることができるのでした。

　暫く、牧養地と袋角切断用の装置のある養殖場を造る中国人たちの可成《かな》り喧《やかま》しい作業が続き、却々《なかなか》、花鹿《ファルゥ》を手懐《てなづ》けることができず、花鹿は、仔鹿《ミシュートカ》を連れて岩場に潜んだり岬の突端の松《ソスナー》の間に隠れたりしていました。私は、怯《おび》えたならみんな一斉にどんな障碍物をも薙ぎ倒して遁げていく鹿たちを猛禽が刺激しないように、だいぶ前に鷲の巣を一掃しました。岬の養殖場の造成も済み、静寂が戻ると、私は、大豆や楢《ドゥーブ》の枝葉を入れた秣桶を、その松の岩場へ持っていきました。そこには、食べるものがなく、腹を空かした花鹿は、一晩でそれを平らげました。そこで、私は、秣桶を養殖場へ近附け、また豆を入れ、白樺樹皮の笛を吹いてみました。花鹿は、ほどなく姿を見せ始め、全身を晒《さら》すようになりましたが、幾ら私が笛を吹いても、足を止めて聴いているばかりでした。私は、花鹿は笛の音が気に入っていると感じていましたが、或る時、花鹿は、笛の音が流れる中を大胆に秣桶へ近附くと、首を俛《た》れて食み始め、それ以来、何時も心置きなく腹を満たし、私は、笛を吹くか佇《たたず》んで眺めているかするのでした。私は、徐々に花鹿を養殖場の手前まで誘《おび》き寄せ、庭の開いた門の傍に秣桶を置いてみましたが、花鹿は、幾ら私が笛を吹いても、中へ入ろうとしませんでした。

けれども、花鹿を相手にしてばかりもいられず、自由な鹿も擒《とりこ》の鹿の暮らし振りを知ったならここへ来て豆の入った秣桶のところへ行かせて欲しくなるような時が、訪れました。或る日、突然、全く想い懸《が》けず、私たちの許《もと》に冬が来たのです。或る晩、私は、鹿に似た一群の岩を上のほうに見附け、山間《やまあい》の光りと影の偶然の戯れのようなその塑像に心を奪われていましたが、そこには、成獣の鹿が三頭、二頭の牝鹿と一頭の牡鹿、それから、二頭の仔鹿と一頭の當歳の仔鹿がおり、宵の空を背景に不揃いな頭が扇状に竝《なら》んでいるのでした。すると、不意に、鹿に似たそれらの岩の一つが揺らぎ、鹿の鳴き聲が下まで微かに聞こえてきました。何と、鹿が、遙か頭上におり、別の断崖の上のほうにもおり、霧山の渓谷《パーヂ》の高い縁にもおり、薄闇の中で山と溶け合うようにあちらこちらにいるのでした。ルゥヴェンは、山の鹿たちを目にすると、私たちの房子《ファーンザ》の葦葺《あしぶ》きの屋根に張った網を直しに掛かりました。彼は、晩に鹿が山の上にいると翌日は荒天になると信じており、私も、何やら漠とした予感を抱いて自然の現象を待ち受けていました。私には、ここ幾日か静かで寒くて雲一つない肖《そっく》りな日が鏡に映るように続いているのが不自然で恐ろしいことに想われ、死に絶えて黄色く凝《こご》った荒れ野の上に尚《なお》も北緯四十二度の伊太利亜《イタリヤ》の日輪の燿《かがよ》うのが不気味に感じられるのでした！　何も棲《す》まぬ大地、誰も知らぬ自然！　私には、ここでは、昼間は春の太陽が樹液の活動を促し、夜間は惑わされた樹液が冱寒《モローズ》のために凍って樹が下から上まで罅割《ひびわ》れるかのように、想われました。逞しい樹々は、幾十年も或いは幾百年も岩の下に匿《かくま》われ、岩は、不意に崩れて岩屑《がんせつ》となり、颱風は、樹々を一箱の燐寸のように投げ散らかすのでした。大水は、何を為《す》るでしょう！　自然界で最も賢い人間が明日のことを鹿に教わるとは、何と奇妙なことでしょう！

朝方、夜明け前に、私は、鹿が何を予告したかを知るために、胸を弾ませて外へ出ました。そして、輪郭が瞭《はっき》りし始めると、袋角切断用の装置の中の鹿のように私の足許から支えが消え、四季や世界の国が入り乱れ、迚《とて》も暖かくなり、迚も清《さや》かな夏の雲に続いて暗く美しく優しい黒雲が現れ、雷鳴と稲光りを伴うこの夏一番の美事な雷雨が始まって夕暮れまで続きました。

どうやら、鹿は、意表を突いたようで、晩になると、急に冷え込み、馬穴《ばけつ》の水が凍り、雪嵐が起こりました。

けれども、山は、何を為《し》ているでしょう！　私たちは、峡谷の高い断崖に挟まれた自分たちの房子の中の火の傍に静かに坐り、落石の咆哮や鳴き聲や凄まじい轟音に耳を澄まし、何かが海辺で凄まじく轟くと、径《みち》の真上に懸かる岩のことを想いました。すると、不意に、颱風と云う長大な物の怪が上空を飛び続け、竟《つい》に尻尾が飛び去り、静寂が訪れたかのように、森閑とするのでした。海は、沙礫《されき》や水底の無数の丸石を大きな地中の轟音と共に岸へ寄せては返し、沙礫は、不平を鳴らすようにくぐもった音を立てており、海が十遍ほど沙礫を寄せては返すと、颱風は、一切の音を消し、風の音や恐怖を伴って舞い戻り、また上空を永いこと黒々と飛んでおり、不意に、低い音や鈍い音が海から聞こえ、海は、沙礫を寄せては返し、颱風は、向きを変えているのでした……

もしも慈悲深い山がなかったなら、小さな房子は、雉の軽い羽のように私たちと一緒に巻き上がり、鹿も虎も豹も、みんな舞い上がったことでしょう。けれども、獣たちは、前日に早くも危険を察して風陰《かざかげ》へ移り、鹿たちは、その無風の退避場所に佇んで為《す》ることもなく樹の枝を折り曲げたりしているのでした。私は、山間での狩りに於《お》いて一度ならず折れ曲がった枝や蹈み固められた土に拠《よ》ってそうした鹿の退避場所を遠くから見分けることがありました。勿論、私たちは、想定される颱風の害が自分たちの鹿に一切及ばぬように養殖場を設《しつら》えましたが、花鹿のことが気掛かりでした。鷲巣岬《オルリーノエ・グネズドー》全体が、風に嬲《なぶ》られ、身を隠せるのは、養殖場のある退避場所だけであり、花鹿が救われる場所は、そこにしかないのでした。

私の目は、夜明け前の刻限のお蔭で、徐々に白さに馴れていきましたが、伊太利亜の日影を浴びた雪の燦《きら》めきには、殆《ほと》んど堪えられませんでした。颱風は、勢いは衰えたものの居坐り続け、私たちは、何とか養殖場へ辿り着いて花鹿を救わねばなりませんでした。獣が狩りで身を臥せるように風を避けながら丘の間を歩いていく私たちが雪の上に残す足跡は、何とも奇妙でした。餓えた虎も、巣穴を出て、今頃、何処《どこ》かの雪の上に自分の足跡を残しているでしょうか？　それとも、雪の上に自分の足跡を見るのを恐れて、餓《う》えを択《えら》んだでしょうか？　勿論、雪が積もるのは、窪地《ロシチーナ》だけで、吹き晒しの高みでは、黄色い山葦が尚《なお》も揺れていましたが、そうした吹き晒しの高みを歩いて越えるのは難しいので、石竜子《とかげ》のように匍《は》って進むと、颶風も、そんな私たちを捉えはしても地面から引き剥がすことはできないのでした。最後の吹き晒しの高みから鷲巣岬を一望した私たちは、自分たちの鹿が休息所《ストーイロ》に身を隠しているのを目にして欣《よろこ》びました。花鹿は、誰かが門を開けて庭へ通すのを待つふうに仔鹿《ミシュートカ》と共に養殖場の前の窪地に彳んでいましたが、私たちが門を開けて中へ入っても、その場を離れず、耳も動かしませんでした。私は、花鹿にはお馴染みの秣桶を持ち出し、豆を入れ、庭の真ん中へ置き、私とルゥヴェンは、引っ張ると門が閉まる縄を括《くく》り附《つ》け、空っぽの房へ入ると、小窗《まど》を僅かに押し開けて光りを採りました。私は、その小孔から白樺樹皮の笛の音を送り、ルゥヴェンは、縄を摑んで私の合い図を待ちました。花鹿は、笛の音を耳にするや、心が和《なご》んで目を細め、普段はきりっとした耳を何やら頻《しき》りに動かし、首を伸ばして足蹈みをしてから小さな一歩を蹈み出し、私が更に笛を吹くと、もう一歩、また一歩、更に一歩と近寄り、門のところで足を止めると、一寸《ちょっと》思案しました。私は、花鹿が呼び子に馴れ過ぎないように、態《わざ》と笛を吹かずにいましたが、花鹿は、今や笛よりも目の前の豆に心を奪われていました。私は、稍々《やや》間を措いて笛を吹いて駄目を押し、花鹿が歩き出して秣桶に近附いて少し食むと、間髪を入れずにルゥヴェンへ合い図をし、彼が抜かりなく縄を引くと、私たちにも聞こえないほど静かに門が閉まりました。花鹿は、勿論、その音を捉えて振り向き、耳を角のように尖らせましたが、門が閉じたのを不審がる容子《ようす》もなく、心置きなく豆を食めるかどうかにしか関心がなく、それを確信すると、また、秣桶へ首を俛《た》れ、黒い唇で美味しい黄色い豆を少しづつ口に含み始めるのでした。

XII

冬になると、冬の朝鮮人蔘《ジェニシェーニ》を見たくなることがありました。亜熱帯で最も繊細な植物が雪の下に生えているとは、一寸《ちょっと》想像が附きません。この根は、南方の気候の恐ろしい変化にどうやって堪えることができたのでしょう？　私は、雪に埋もれた鳴谷《ペーフチャヤ・ドリーナ》を目にして今は鳥も夏の楽士である螽斯《きりぎりす》もいないその谷の静寂に耳を澄ましたいとも想いましたが、冬の鹿の世話に追われて叶いませんでした。私たちは、給餌や房《ヂェンニーク》の清掃に明け暮れていましたが、私は、そんな雑務を厭《いと》うこともありませんでした。花鹿《ファルゥ》への私の深い想いは、決して渝《か》わらず、それは、鹿と云うよりも花のようであり、私の未開花の個性の未知なる可能性が私へ挿した特別な花のようなのでした。他の凡ての鹿も、新たに始まったこの大事業も、私の仕事でしたが、私は、この仕事から自身のためには何も期待しておらず、ルゥヴェンと同様、自分たちの将来の実入りを私の知らない未来の人々のための薬か何かと考えており、私にとっては、仕事そのものがこの世で一番の薬なのでした。時には、花鹿があちらこちらへ耳を向けるのを幾時間も眺めていたり、花鹿が聞き耳を立てるほうへ目を向けてその正体を掴むまで永いこと瞶《みつ》めていたりすることもありました。鷲が飛び過ぎたり、狼が駆け抜けたりすると、花鹿の目の下の長い涙嚢《るいのう》が膨らんで、その美しい大きな目が一際《ひときわ》大きくなるのでした。その頃には、何時《いつ》でも花鹿の耳の間を撫でるばかりでなく、花鹿をラーイバに懐かせることもできました。この犬は、庭の鹿が一緒に餌を食む時には、何時も傍におり、鹿たちは、その犬に直ぐに馴れて気を遣うこともありませんでしたが、花鹿だけは、仔鹿《ミシュートカ》がいるために、悉《すっか》り気を許した訣《わけ》ではありませんでした。花鹿は、ラーイバが仔鹿に手を出さないことをよく知っていながら、母性本能ゆえに、餌を食む仔鹿を横目で絶えず見戍《みまも》り、ここぞと見るや、犬を遠くへ逐《お》い払おうとするのでした。けれども、ラーイバは実に捷《はしっこ》く、鋭い蹄を命中させることはできませんでした。或る時、ラーイバが蚤《のみ》に喰われたことがあり、そんな時の犬ならみんなそうするように、ラーイバも、我を忘れて一匹の蚤に憎しみを注ぎ、鼻を皺《しわ》めて腹の蚤を歯で逐い、後ろ足を突き立てるのでしたが、花鹿は、それに気附くと、犬に駆け寄って前足を上げました……。その時には、凡ての鹿が、瞬き屋《ミグーン》も広角《ラズヴァーリストゥイ》も反角《クルトローギイ》も粧し屋《シチョーゴリ》も灰目《セールィ・グラーズ》や黒背《チェルノスピーンニク》さえも、食むのを歇《や》め、物見高く見物していました。私は、すでに鹿の笑みが頬に泛《う》かぶのではなく目の中にちらつくことに気附き始めていましたが、上げた前足でラーイバを嬉しそうにちょこんと叩いた時の花鹿の悪戯っぽい目にも、それがよく表れており、傑作でした！

冬の怕《こわ》さは、冱寒《モローズ》と云うよりも吹き荒ぶ寒風にありました。雪は、烈風や颱風に吹き払われて山頂にも山腹にも積もりませんでしたが、窪地《ロシチーナ》や渓谷《パーヂ》や峡谷《ラスパードク》や山谷《さんこく》には可成り溜まっており、私は、そんな雪のお蔭で、赤狼たちの襲撃の意図を足跡から察して銃弾をお見舞いすることもあれば、豹を仕留めた豹《バールソヴァ》渓谷にはその連れ合いの牝が二頭の仔豹と共に棲んでいるのを知ることもありました。樹の上のほうに張った氷を目にして、熊が洞《うろ》で眠っているのに気附いたこともありましたが、それは、小さな月の輪熊でした。また、雪の上に残る虎の足跡を見附けたこともありました。

風を伴う烈しい凍てが始まると、鹿たちは、北面から日向へ移り、楢《ドゥーブ》の茂みで食んでいました。馴鹿《トナカイ》のように蹄《ひづめ》で雪を掻き分けて枯れ草を見附けることができたなら、鹿にとっての脅威は、結氷だけだったでしょうが、この残存種の獣は、厳しい気候に順応し切れず、茂みが深い雪に覆われると、お手上げのようでした。まさに試練でした！　春までは、あと一週間ほどでしたが、仔を宿した一頭の牝鹿は、衰弱して事切れてしまいました。胎《はら》子《ご》がいなければ、生き存《なが》えたはずなのに。

春一番の霧に包まれた吹き晒しの高みが氷の衣を脱ぎ、美味しい苔が姿を見せると、一頭の若い牝鹿が、そこを目指して海の真上に懸かる雪の吹き溜まりへ足を踏み入れました。春の霧でよく見えない雪の塊りは崩れ、結氷がなければ捷《はしっこ》い牝鹿は前足だけで体を投げ上げることもできたでしょうが、氷の縁に残ったのは、蹄で掻いた痕だけでした。その鹿は、海岸の岩場に血塗れで横たわっており、狐か狸か穴熊でなければ蛸の餌食となったことでしょう。

冬から夏への苛酷な移行期には、多くの命が泯《ほろ》びました。或る牝鹿は、棹立ちで若い樒の枯れ葉を食んでいたところ、結氷に後ろ足の硬い蹄を辷《すべ》らせて、倒れる際に樒の枝の股に首が挟まったらしく、樹に吊り下がっているのでした。或る牡鹿は、樒の茂みを跳び越えようとしたところ、後ろ足の蹄が、沢山の幹が絡み合った茂みに引っ掛かってしまいました。こんなふうに、鹿たちにも、数々の悲劇がありましたが、何よりも、驚愕のために命を殞《お》とすことが多いようでした。

春は、霧と雨の季節。太陽は、偶《たま》に顔を出しては色々な悪さをし、樹々は、陽気に釣られて活動を始めるものの、晩には、上昇した樹液が凍って木質が裂けてしまいます。四方八方へ小川となって流れゆく山間《やまあい》の雪も、霧で見えず、その後に立ち上がる勁《つよ》い草も、目に見えず、大いなる鳥の渡りを知るのも、目ではなく専ら耳でなのでした。一、二週間、濃い霧が続き、目に映るものと云えば、房子《ファーンザ》しかありませんでしたが、ひょいと好日が訪れると、日影の中に緑の丘が展《ひら》け、あちらこちらで静寂を破って雉が啼き始めるのでした。

鹿たちは、旧い角を振り落とし始めました。大力の鹿は、逸早く投げ落としますが、それだけ早く新たな角が生えて発情を迎えます。ルゥヴェンは、角が生え替わらない不死の鹿のことを、冬に幾度も私に語りました。ルゥヴェンの語る伝説や物語りは、慥《たし》かな根拠に基附《もとづ》いているところが貴重であり、私は、そうした話しを聴く際にはそれを自分なりに咀嚼して自分にとって有益な意味をそこから汲み取ろうとし、これは、不死の鹿の話しに関しても同様でした。凡《すべ》ての鹿が角を振り落として牝鹿にお産が始まった時には、古い骨のような角を持つ鹿がいるとは想ってもみませんでしたが、或る時、分岐した骨のような角を持つ不死の鹿が草場で孤りぽつんと食んでいるのが、山の上から見えました。その時、私は、鹿の不死の謎を解くために一頭仕留めることを躊躇せず、二度と日本鹿を撃たないと誓ったうえで発砲しました。すると、生え替わらない角の謎が、忽《たちま》ち氷解しました。この牡鹿は、秋の発情期に於ける闘いで生殖器を失ったために、若い命が下から旧い角へ注がれなくなり、生きた角が生えず、死んだ骨のような角がその儘に残ったようでした。けれども、変化と云うものがなく凡てが旧態依然として死んだ骨のように残っているところに不死を看て取るのは、極く自然なことであり、恐らく、死んだ生え替わらない骨のような角と云うのが、万人にとって一番分かり易くて真実味を帯びた不死の貌《かたち》なのでしょう。私が、ルゥヴェンに凡てを語り、骨のような角と去勢された牡鹿のすでに癒《い》えた辷《すべ》らかな陰部を示すと、ルゥヴェンは、それは、不死であり続ける鹿ではなく、不死の鹿ならば、銃弾で泯《ほろ》ぼすことはできない、と応えるのでした。すると、ルゥヴェンこそ自分の語る伝説に登場する骨のような角を持つ牡鹿に肖《そっく》りだと云う苦い想いが、私の胸を過《よぎ》りました。

なぜ苦いかと云えば、それは、私が本質的ではない瑣末なことから不本意ながらもこの掛け替えのない人を失い、二人の道が岐《わか》れて私が一人取り残され、私とこの素晴らしい人の間には何かが缺落《けつらく》し、幾ら愛しても幾ら近附いても一人取り残されてしまい、自分にとっても至上かも知れない過剰な善を彼と交わし合うことができないためでした。

　私たちの鹿は、勿論、野生の鹿と同じように、徐々に、前後して、自分の角を振り落としていきました。最初に、灰目が落とし、ほどなく、黒背が落とし、瞬き屋や粧し屋や広角と反角の兄弟も、それに続きました。或る時、すでに角を振り落とした瞬き屋が、頻りにぴぃぴぃ啼きながら近附いて、無い角で私を持ち上げようとするように首を俛《た》れたので、痒《かゆ》いのかと想い、角の附け根の辺りを掻いてあげると、甚《いた》く悦びました。二度目は、遠くから私を目にするや、ぴぃぴぃ啼きながら勢いよく駆けてきたので、突き倒されそうになりましたが、また掻いてやり、何ごともなく訣《わか》れました。三度目は、掻きたけりゃ掻きな、厭なら自分で掻くさ、とでも云いたげな、甘やかされて附け上がった容子で、駆けてきました。勿論、そんな我が儘に耳を貸す心算《つもり》はありませんでしたが、相手が私の体で角の辺りを掻こうと凄い力で額を打《ぶ》つけてきたので、私は、突き倒されたばかりか、柵の際まで飛ばされてしまいました。瞬き屋は、恐るるに足らずと見て、私に躍《おど》り掛かりました。もう一度打《ぶ》つけられたなら、起き上がれなかったでしょうが、相手が額を打つけようと頭を下げた隙に形勢を判断し、左手でぱっと右足の蹄《ひづめ》の一寸上を摑んで右手で脇腹をしたたか打つと、相手は、引っ繰り返りました。それだけでは済みません！　柵から引っこ抜いた長い棒で散々打《ぶ》っ擲《たた》いたので、相手は、それ以来、悉《すっか》り温和《おとな》しくなりました。瞬き屋は、その後も、瞬きをしてぴぃぴぃ啼いて、掻いて慾しそうに角の附け根を近附けてくるのでしたが、こちらが指で威すだけで、離れていきました。他の牡鹿は、野生の鹿の儘であり、人を寄せ附けませんでした。

私は、秤《はかり》のことで苦心惨憺《さんたん》しましたが、やっとそれを拵《こしら》えて、袋角切断用の装置と一つにしました。鹿が、その函《はこ》へ入り、私が、梃子《レヴァー》を動かすと、装置の底が、秤になるのでした。実験のために、相似た広角と反角の二頭を択《えら》び、前者には、豚と同じように濃厚飼料をふんだんに与え、同じ体重の後者には、他の鹿と同じように普通の餌を与えました。実験の狙いは、肥育された鹿と普通の鹿の体重を比べて、中国でも前代未聞の重さの袋角《パーントィ》を徐々に手に入れる可能性を探ることでした。肥育された鹿の袋角は、成長するにつれて、血が漲《みなぎ》って美しい桃色に染まり、表面を覆う毛が、銀色に燦《きら》めいていました。色々な計画がありましたが、私の熱い夢である最も主要な計画は、高価な袋角を売って得た資金で針金を大量に購入し、鹿や鹿の敵である豹や狼や狸や穴熊の棲む霧山《トゥマーンナヤ・ゴラー》を金網で内地と隔てる、と云うものでした。私は、袋角の事業を四つに分けて考えていましたが、一つ目は、袋角を切るまで鹿を飼育する養殖場、二つ目は、袋角を切られた鹿を放す半ば公園のような鷲巣岬《オルリーノエ・グネズドー》、三つ目は、霧山公園、四つ目は、常設の野生の鹿の禁猟区となる霧山周辺の森《タイガー》でした。更に、ルゥヴェンが太鼓判を捺す彼のような中国人を野生動物の馴化《じゅんか》と云うこの新たな事業へ招き入れ、彼らが文明の誘惑に負けずに欧洲人のように自ら隊長《カピターン》となって独り立ちすることを夢見ていました。

私は、もっと色々なことを夢見ていたのかも知れませんが、それらの夢は、私が後にそう呼ぶようになった機の熟さぬ《ドスローチヌイ》ものでした。私たちは、自分とは無縁な生の時があることを認めねばならず、どんなに力を盡くそうと、どんなに能が有り才に長けていようと、条件が揃わぬうちは、時が至らぬうちは、最も善きものは、夢や無何有郷《ユートピア》の儘、悉《ことごと》く宙に浮いてしまうのです。但《ただ》、私は、私の根である朝鮮人蔘が何処《どこ》かで育っていて私が自分の時を待ち遂《おお》せると云うことだけは、感知しているのでした。

XIII

夏の溽《むしあつ》さ。夜な夜な、あちらこちらで灯りが舞い、朝な朝な、大きい蜘蛛が草や茂みに巣を張り、森《タイガー》を行く人は、その巣を棒で払います。朝、太陽が顔を出すと、幾週も続いた霧も、半時《はんとき》ほどで姿を消し、そんな湿っぽい時には、必ず、相似た細かい雫に覆われた蜘蛛の巣が、どれもはっとするほど美しい真珠の織り物に変じます。そんな或る時、私が憩《やす》んでいる石に牝鹿が近附きましたが、微風がそちらから吹いているお蔭で、私は、石の上に横たわって鹿の生の大切な一齣を目にすることができました。仔鹿は、産まれた時から母鹿と同じような斑《まだら》を纏《まと》っており、この斑は、葉洩れ日の中に母子を聢《しっか》りと隠し、傍を通っても全く気附かないほどでした。産まれたばかりの仔鹿は、佇《た》つことができず、母親は、暫《しばら》く横になって乳房を仔鹿の鼻の尖《さき》へ宛てがい、乳に気附かせようとしていました。

仔鹿は、漸《ようや》く気附いて乳を吸い始め、母鹿が仔鹿に力が附いたと見て立ち上がると、自分も立ち上がって彳った儘で乳を吸おうとしましたが、未《ま》だ羸弱《ひよわ》でふらついて横たわってしまいました。すると、母親は、自分も横になりましたが、仔鹿がもう自分で分かるので、乳房を宛てがいはしませんでした。その時、私は、無性に咳がしたくなり、牝鹿は、私が幾ら怺《こら》えても幾ら口を塞いでも、その抑えた咳を耳にし、私と目を見交わすと、一聲啼く間もあらばこそ、姿を消しました。母鹿の愕《おどろ》きは、仔鹿にも伝わりましたが、勿論、仔鹿は、走ることができず、地面に身を臥《ふ》せて隠れました。予《あらかじ》め知らなければ、その姿は見えず了《じま》いだったでしょう。仔鹿は、敵の目を逃れて消え失せたいと想いつつも、自分の体がしゃんとしないのを悟ったかのようであり、私が抱き上げても、身を縮めた儘であり、私は、それを置き物のように元へ戻しました。それを置いていくのは残念でしたが、私とルゥヴェンの許に、乳牛はおらず、ルゥヴェンは、乳を飲まず、《乳を飲めば、牛を母と看做すことになる》と云っていました。けれども、この経験から、将来の事業のための貴重な構想が生まれました。乳牛が手に入ったなら、鹿のお産の時季にラーイバと森へ出掛け、こんな石のように蹲《うずくま》る仔鹿を見附けてくるのです。そんな仔鹿は、紛れもない家畜になるでしょう。
牝鹿の分娩中に、牡鹿の袋角《パーントイ》は成長し、雌雄とも、気を揉み始め、牝は、我が仔を戍《まも》り、牡は、一寸打《ちょっとぶ》つけただけでも血塗《ちまみ》れの扁円形の焼き菓子《レピョーシカ》のようになり兼ねない敏感で繊細な袋角を戍ります。灰目《セールイ・グラーズ》の袋角は、目に見えて大きくなり、或る朝、ルゥヴェンは、恐らく半時余りもそれを眺めてから、云いました。

「今、儂《わし》ら、切る！」

私たちは、この危険を伴う大仕事の準備に掛かりました。ルゥヴェンに拠《よ》ると、灰目の袋角は、何と千円以上の薬に値しました！　けれども、大事なのは、薬ではなく、鹿そのものであり、為《し》くじれば、慄《おのの》いて障碍物など目に入らぬ鹿が、袋角を紅い扁円形の焼き菓子に変えてしまい、障碍物を突破できなければ、足を折ってしまいます。ここには、教わる人もなく、ルゥヴェンは、昔ながらの野蛮で険呑な方法で袋角を切り、中国人たちは、鹿を縛って倒していたのでした。

私たちは、大きな危険を伴う仕事に着手するに當たり、鹿をみんな庭へ放して灰目だけを房《ヂェンニーク》に残しました。今、房から鹿を放しても、回廊からの出口は、袋角切断用の装置へ通ずるものしかなく、別の出口は、可動式の吊り板で塞がれています。この板には、小さな孔が開いており、ルゥヴェンは、私が房から鹿を放して回廊の別の端へ移動して遮蔽物の蔭に隠れたのを、その穴から覗いています。私は、梃子《レヴァー》の把っ手を摑み、ルゥヴェンと同じように孔から覗いており、鹿が装置の中へ入ったなら、梃子を動かします。鹿は、落下すると、柔らかな筵《むしろ》を張った板で両脇を挟まれて、足を宙に浮かします。けれども、そこまでが大変なのです。灰目は、房を出ると、小暗い回廊に立ち竦《すく》みました。庭へ通ずる何時《いつ》もの出口は、板で封じられており、知らない出口へ行くのも、躊躇《ためら》われるようでした。どうしましょう？　すると、ルゥヴェンが、板をそっと前へ動かし始めました。鹿は、危険なほうへ歩いていくか、棄て身で板を突破するか、二の足を蹈んでいます。近附く板の後ろから、聞き憶えのある優しい聲が聞こえました。

「ミーシカ、ミーシカ！」

ルゥヴェンは、何時もどの鹿もミーシカ（訳註、熊の愛称）と呼んでいるのです。吻《ほ》っとした灰目は、心して危険なほうへ歩いていくことにしました。鹿は、歩いては止まり、ルゥヴェンが板を前へ動かすと、もう一寸進み、足許の床がすとんと抜ける場所へと徐々に近附いていきます。何よりも恐ろしいのは、鹿が装置の前で狡賢《ずるがしこ》い奸計《かんけい》に気附いてしまうことです。鹿には、床に臥せると云う手もあり、そうなると、力盡《ちからづ》くでは捕まえられないので、殆《ほと》んどお手上げです。鹿が跳ねたら、一巻の終わりなのです。辺りは静まり返り、何かが微かに軋《きし》むばかりです。鹿が臥せるか危険を冒すかする瞬間が、訪れます。前の蹄《ひづめ》が動く床を蹈《ふ》み、板が直ぐ傍まで近附いてぐっと逼《せま》りました。私が梃子《レヴァー》を動かし、何かが鈍い音を立てると、ルゥヴェンは、板の戸を開けて装置へ突き進み、念のため、板に挟まれた鹿に馬乗りになり、私は、飛び出して装置を覆う蓋《ふた》を持ち上げ、装置の壁の突っ支《か》い棒へ無力な鹿の頭を括《くく》り附けました。切断の作業は、迚《とて》も辛く、手許からは、血が噴き出しますが、疼《いた》みは、一瞬です。若い鹿は、呻《うめ》き、恐怖の余り、白目を剥《む》きますが、甲羅を経た誇り高い鹿は、そんな醜態をまず晒しません。灰目も、そんな鹿であり、足が宙に浮いて全く地に着かないと云う野生の鹿にとっては万事休すとも云える恐ろしい情況にあっても、何かに両脇をぎゅっと挟まれて一人には馬乗りになられてもう一人には袋角と云う生の悦《よろこ》びを切られると云う母の目の前で子が殺《あや》められるにも匹《ひと》しい恐ろしい情況にあっても、喚《わめ》きも目を泳がせもしないのでした。私は、自ら卑屈にならない限り屈辱的な状態はないと云うことを鹿の王から学び、それ以来、その姿勢を自分の理想としています。私は、袋角を切ると、鹿の頭の縄を解き、ルゥヴェンは、跳び下りました。私が、鹿を挟む板を下ろす梃子を動かすと、鹿は、穴の底へ落ち、足が地に着くや、鉄砲玉のように庭へ飛び出しました。それから十分もしないうちに、私たちは、共用の秣桶《まぐさおけ》へ豆を撒き入れ、角のない灰目は、もはや疼《いた》みを感じておらず、他の鹿と一緒に豆を食んでいるのでした。大仕事を遣り遂げると、私は、欣《よろこ》びの余り、想わずルゥヴェンに抱き附き、老人は、感涙に噎《むせ》んでいました。

勝利の美酒に酔っていたまさにその時、栗鼠《りす》によく似た縞々《しましま》の小動物が巻き起こす大惨事が、忍び寄っていました。縞栗鼠《ブルンドゥーク》は、あちらこちらに沢山いたので、私は、その時、来る日も来る日も秣桶の下で豆を拾う一匹の縞栗鼠に、何の注意も払いませんでした。縞栗鼠が花鹿《ファルゥ》の蹄の傍に転がる豆に駆け寄ったまさにその時、花鹿は、秣桶を動かして迂闊《うっか》り縞栗鼠の尾を蹈み附け、その仕返しに足を咬《か》まれると、ぎょっとして目を向けました。何ごとかと云うように！　満席の劇場で《火事《ポジャール》！》と誰かが叫ぶと、みんなが死を恐れて獣じみて我先に駆け出す、と云うことがあります。尾の生えた悪魔を自分の足許に見附けた花鹿の戦慄は、凡《すべ》ての鹿に伝わり、一頭が七普特《プード》（訳註、一普特は、十六・三八瓩《キログラム》）とすると合わせて五十普特になる鹿たちは、有らん限りの脚力でその五十普特を投げると、一遍に柵を木っ端微塵にして自由の身となりました。柵が倒れる鈍い音、柵に當たった時の疼《いた》みや掻《か》き傷、これら凡てが、花鹿には、自分の足を咬んだ縞々の悪魔の仕業《しわざ》に想われたことでしょう。花鹿は、白い尻を目一杯膨らませて他の鹿に道を示しながら走り、凡ての鹿が、後に続き、前を行く鹿は、後に続く鹿に尻を見せ、縞栗鼠と云う縞々の目に見えぬ悪魔が、鞭を當てるように鹿たちを逐《お》い駆けていくのでした。

私は、度を失いました、これ以上ないほど！　そして、恰《あたか》も愕《おどろ》いた野生の鹿を見附けることができるかのように、それらの鹿を捜しに急いで山へ向かいました。何処《どこ》を捜し歩いても、鹿はいないのでしたが、夕暮れに、遙か頭上の岩に彳《た》つそれらの鹿が、ひょいと目に入りました。首を廻らすと、別の岩にもあちらにもこちらにもおり、私たちの峡谷《ラスパードク》の断崖は、鹿だらけなのでした。私は、欣《よろこ》びに我を忘れ、心優しいルゥヴェンも、私の昂《たかぶ》りを朝まで静めることができませんでした。

XIV

私は、どんな挫折や気鬱《きうつ》にも効く妙薬を、見附けました。それは、暁闇《ぎょうあん》に房子《ファーンザ》の外へ出て何か堅いものに凭《もた》れ、自分の生命の根は成長しているが時を要するのでどんな不幸にも負《め》げずに常に不幸を不可避なものとして受け止めて時へ想いを馳《は》せていれば早かれ晩《おそ》かれ必ず到達の日が訪れると一心に念じることでした。私は、そうした日頃の訓練に依って意志を堅固にして不幸に対する忸《は》ずべき弱さから永遠に脱却したと想っていましたが、最初に真っ向から生と切り結んだ時、妙案ながらも未熟な手法がさっぱり通用しないのに落胆し、朝鮮人蔘《ジェニシェーニ》のことを忘れたほどでした。

私は、廃墟と化した日本鹿の養殖場にルゥヴェンと共に坐り、時折り、鹿笛を吹いていました。私の頭には、もしも、自分が、尤《もっと》もで単純でありながら堪え難いものを何か超自然的な不可解な理由に依って自分に納得させるような多少とも迷信深い人間であったなら、花鹿《ファルゥ》はその美しさで魔女のように私を魅了して私の目の前で美女に身を変えて私が愛した時に忽然と姿を消したと想わずにはいなかったろう、との考えが泛《う》かびました。けれども、その同じ花鹿が、私が逞しい創造力で魔法の輪《ザコルドーヴァンヌイ・クルーグ》を広げて竟《つい》に大仕事を成し遂げようとすると、忽《たちま》ち凡てを台無しにし、結局、縞々の悪魔さながらの縞栗鼠が、姿を現すのです。遠古より、人は、この迷信の鎧《よろい》を纏《まと》い、魔女と悪魔は、物や形や情況を取り替え、子孫だけが、生き存《なが》らえているのです……

　こうした凡てが、生の波の底で悲歎に暮れる私の頭を過《よぎ》るのでしたが、新たな波が、近附いていました。ラーイバは、何やら曰くありげに後ろを振り向いてから私を見るようになりました。後ろでは、何か通常のことが起こっており、心配するには及ばないものの、やはり常ならぬ何かが起こっている、と云うふうに。私は、なぜか、犬の暗示を気に留めず、沈鬱《メランコリック》な想いに耽っていましたが、背後で瞭《あきら》かな物音がしたので振り向くと、花鹿が、仔鹿《ミシュートカ》と共に直ぐ後ろに彳《た》っており、騒動の時に地面に散らばった大豆を食《は》んでいるのでした。どんなに嬉しかったでしょう！　そればかりではありません！　縞栗鼠も、一匹ではなく大小五匹の縞々の悪魔も、黙々と大豆を漁《あさ》っているのでした。私の生には、幾度もこんなことがありました。自分の不幸を認識して軽減しようと賢明な解釈や遠大な神秘の力に縋《すが》り附いた途端に、生そのものが目の前に展《ひら》け、貰った人が想わず叫んで笑い転げて髭に蜜をくっ附けて意気軒昂《けんこう》となるような賜物を生そのものが自分の愛する人に捧げる、と云うことが。私は、太陽が霧の中から顔を出し、濡れた蜘蛛の巣が真珠や金剛石《ダイヤ》さながらに燿《かがよ》い出した時を、決して忘れませんでした。そこには、何と沢山の素的な花があったでしょう！　真珠の首飾りをした西洋躑躅《アザレア》もあれば、金剛石の頭巾《チエープチク》を冠った百合もあり、蜘蛛は、白い優しい薄雪草《エーデルワイス》の花を銀の絲で捕まえて自分の朝の歓喜の建築へ引き寄せたりもするのでした。そうした宝石の豊かさは、アラブのお伽話しの中にしか見られませんが、アラブの驚くべき空想も、私ほどの裕福で幸福な最高権威者《カリフ》を生み出すことはできませんでした。

人には、何と深遠な処女地が、何と無盡蔵な創造力が具《そな》わっており、何と多くの不幸な人が、自分の朝鮮人蔘を知らずに、力や勇気や歓喜や至福の淵源《えんげん》を自身の奥処に見出だせずに去来していくことでしょう！　私には、何と沢山の素的《すてき》な鹿がいたことでしょう！

灰目《セールイ・グラーズ》は、小刀の下で如何に振る舞ったことでしょう！　けれども、花鹿が孤《ひと》りで遣って来た時ほど、私がそれらの鹿に狂喜したことがありましょうか？　花鹿に援《たす》けてもらえば鹿を沢山捕まえられるはずなので欣《よろこ》んだと想われるかも知れませんが、全く違います！　私が欣んだのは、自分がどれほどこの仕事に打ち込んだかを鹿たちとの訣《わか》れが教えてくれたからであり、自分の特異で美しい建築を再開できるためでした。私とルゥヴェンは、喜び勇んで手早く柵を修繕し、鹿たちがまた跳び越えたり力を合わせて倒したりできないように補強するのでした。私は、遁げ去った凡ての牡鹿を所有することよりも、花鹿が野生の森《タイガー》から鹿笛のところまで来てくれたことのほうが、自分の仕事にとって遙かに重要であると云うことが、次第に分かってきました。もはや、何の危険も冒さずに日々の実験に勤《いそ》しみ、朝が来ると花鹿を草場へ放し、晩になると鹿笛で呼び戻し、呼び戻す度に花鹿にも仔鹿《ミシュートカ》にも心盡《こころづ》くしの美味しい餌を与えていると、私が笛を吹けば何時《いつ》でも花鹿が養殖場を目指して一散に丘を駆けてくるようになりました。

　秋の発情期がまた徐々に近附いてきた頃、私は、鹿を取り戻したり新しい鹿を手に入れたりする方法を想い附きました。或る時、牝鹿の群れが鷲巣《オルリーノエ・グネズドー》岬の向かいの丘へ遣って来ましたが、なぜか、骨のような大きい角を持つ広角《ラズヴァーリストゥイ》も一緒でした。秋の初めで、赤鹿《イジューブル》も未《ま》だ咆《ほ》えていませんでしたが、やんちゃ坊主と云うものは、人間と同じように動物にもいます。その鹿は、実験のために餌をふんだんに与えられて早く盛りが附いたので、未だ乙女の牝鹿に徒《いたず》らに纏《まと》わり始めたのかも知れません。私は、広角を物蔭から観察し、大将が丘の向こうにいる時を見計らって養殖場の門をそっと開け、捕縛の縄を用意して花鹿を放しました。広角は、群れのほうへ欣々《いそいそ》と駆けていく花鹿に直ぐに気附いて、駆け寄って迎えました。もしかすると、養殖場と云う特殊な環境のためにこの雌雄にはすでに水魚の交わりがあったのかも知れませんが、花鹿は、自分の匂いを或る程度までしか嗅がせず、餌をふんだんに与えられたこの牡鹿が一線を越すと、相手から身を離して牝鹿の群れの中へ遁《のが》れました。そして、半時《はんとき》ほど経つと、広角のことを忘れて群れを出ましたが、直ぐにまたこの牡鹿が執拗《しっこ》く纏わり始めたので、また群れの中へ遁れるしかありませんでした。好機と見た私は、風陰《かざかげ》の石の後ろに身を臥せ、縄の端を聢《しっか》りと握り、鹿笛を吹き始めました。すると、花鹿が、ぱっと全力で駆け出し、果たして、広角も、後に続いて全力で駆け出しましたが、牡鹿は、門へ駆け込んでも何の不審も抱かず、門が後ろで閉まっても振り向かず、私が現れても自若《じじゃく》としていました。

私は、日本鹿の発情が始まる時を待ち侘《わ》びました。葡萄の葉が、徐々に紅く染まり、板屋楓《いたやかえで》が、焔《ほのお》のように炎《も》え立ち、冱寒《モローズ》が、颱風一過の静かな星夜に生まれ、最初の赤鹿が、去年と全く同じ九月の夜に、全く同じ方角の全く同じ山で、咆え始めました。

目に見える連日の変化のうちに、更に二週間が過ぎました。葡萄が、熟し始め、黄色い草場でぺちゃんこに萎《しお》れている西洋躑躅《アザレア》が、紅い皿のように見え、草場が、鹿の流血の闘いの後と云った趣きを呈しました。すると、夜の神秘な静寂の中で、最初の鹿が、黒い山の峰が大熊座の尾と交わるところで咆え始め、別の鹿が、谺《こだま》のようにそれに応え、更に遠くの谺が、その谺に応えました。私にとって何よりも肝腎なのは、咆哮が始まった後で牝鹿が凡《すべ》ての牡鹿を頗《すこぶ》る慾情させる匂いを自分の足跡に残す日が花鹿に訪れるのを、見落とさないことでした。牡鹿たちは、遠くから吹く風や目の前の地面にその匂いを嗅ぎ附けると、食《は》むのを歇《や》めて相手を探し歩いて咆え始め、その足跡を嗅ぎ附けると、牝鹿を繞《めぐ》る死闘に臨みますが、牝鹿は、そんな日には遊びたがり、尻軽な牝鹿が、未熟な牡鹿や愚鈍な牡鹿と戯《たわむ》れ始め、慾情した牡鹿が、牝鹿へ向かって突き進むと、牝鹿は、この求愛の奔《はし》りこそ牝鹿にとって至高の唯一価値あるものとでも云いたげに全力で駆け出します。広角がまた捕まって私の許にいたお蔭で、私は、花鹿が戯れたり駆け廻ったりするものの決して性液に塗れた汚い牡鹿の意の儘にはならないような日を、聢《しか》と見極めることができました。

竟《つい》に、そんな晩が訪れ、私は、最初の兆候を捉えて花鹿に縄を附け、一緒に歩き馴れた径《みち》を辿って霧山《トゥマーンナヤ・ゴラー》を緩《ゆっく》りと周回します。月夜になり、咆哮があちらこちらに聞こえ、時折り、骨のような角が打《ぶ》つかる乾いた音が聞こえてきました。月夜には、なぜか鹿は余り怕《こわ》がらず、角や白い尻が私の目の前に頻《しき》りにちらつきます。牡鹿が余りにも近くで咆えるので、それは、遠くからなら咆哮に想えるのでしょうが、もはや咆哮ではなく、遠い咆哮と同じように専ら苦しみを愬《うった》えてはいるものの、悩ましい擦《かす》れ聲や呻《うめ》き聲や叫び聲と云った実に多彩で夥《おびただ》しい音に想われるのでした。花鹿を連れた私は、それらの牡の何とも醜《みにく》い情慾の咆哮に憎悪のようなものを感じていましたが、それらの野卑な音の中には子供のように無邪気な苛立ちや優しく恭しく同情を乞う気持ちの滲《にじ》んだ或る音があり、花鹿も偏《ひとえ》にまさにその同情を乞う気持ちを感じるがゆえに咆哮に耳を澄ましていてどんな牡鹿とでも戯れたり駆け廻ったりする気でいるのだと、如何にも人間らしくそう想われるのでした。花鹿は、頻《しき》りに、足を止め、耳を澄まし、身を顫《ふる》わし、勿論、あちらこちらに自分の印しを残していきました。霧山は、静かな優しい風に抱《いだ》かれ、牡鹿は、花鹿を嗅ぎ附けた途端に咆えるのを歇《や》めて風上のその足跡まで歩きましたが、待望の足跡の傍に一番怕《こわ》い獣の足跡を嗅ぎ附けると、咆えるのも忘れてひどく訝《いぶか》しげに立ち止まりました。鹿には、人間が悉《すっか》り忘れてしまっている感覚があるのです。私は、その哀れな音を耳にし、こんなことを想いました。鹿の感覚には、花がそうであるように、たとえ一瞬であれ自分の情慾とは無縁の美の形象のようなものが元々与えられており、後から押し入った情慾が自ら覓《もと》めるものを美の中に見出だされない時に、人には音楽が生まれ、鹿には咆哮が生まれる……

どうやら、沢山の牡鹿が、霧山を抱く風で花鹿を嗅ぎ附け、咆えるのを歇めて風上へ向かい、人の怕《こわ》い足跡に出遭うと狼狽《うろた》えて足を止め、暫《しばら》くその場に佇《たたず》んでから、また足跡や印しを辿りながら、心して歩を運んでいるようでした。

XV

払暁に、冱寒《モローズ》が生まれました。私は、花鹿《ファルゥ》を養殖場へ連れていき、門に仕掛けを施《ほどこ》すと、霧山《トゥマーンナヤ・ゴラー》へ続く連丘の容子《ようす》を、風陰《かざかげ》の石の後ろから見戍《みまも》り始めました。微《かす》かに凍て附いた空気は、澄み切り、真っ青な海は、霧山を抱き、山葦は、冱寒《モローズ》が織る白い透かし模様《レース》を纏《まと》い、青を背景に美しさを増していきました。光りが増すにつれて、辺りは美しさを増し、鹿のように頭を擡《もた》げて咆えたくなるほど劇《はげ》しい疼《いた》みが、私の奥処で始まりました。四囲《まわり》がそんなに美しいのに、死のような疼みが生じるのは、なぜでしょう？　私は、鹿のように美しいものを目にして何か心地好いものを期待しているのに、それが手に入らずに苦しんでおり、鹿のように咆えんばかりになっているのでしょうか？

凡《すべ》てが目に映り、凡てが燿《かがよ》い出すと、牡鹿たちが、霧山の曲がり折《くね》った鹿の径《みち》のあちらこちらに姿を現しました。初めは、蠅のように小さく、それから、もう少し大きくなり、渓谷《バーヂ》と渓谷の間の横の峡谷《ラスパードク》に一寸《ちょっと》隠れてから、一つ目の丘の蔭から現れ、更に二つ目の丘の蔭から現れ、最後の丘へ攀じ登ると、その蔭から角が現れ、地下から角が生えているかと想われました。鷲巣岬《オルリーノエ・グネズドー》の向かいの丘には、颱風との不断の闘いで鍛《きた》えられた一本の傘松《ピーニャ》が生えていましたが、それは、節だらけで、颱風に打たれた痕《あと》である節が、暗緑色の長い針葉を持つ勝利の枝を支えており、幹は、曲がってはいてもやはり勝利の丈高い幹であり、その影が、枯れた西洋躑躅《アザレア》の血にも似た斑《まだら》を纏《まと》う黄色い草場に横たわり、緑の草簇《くさむら》や楢《ドゥーブ》の茂みに覆われた窪地《ロシチーナ》まで伸びていました。この窪地は、小さな渓谷のようであり、深さを増しつつ海まで達し、小さな川が底の石の間に見え隠れしながら流れているのでしたが、そこでは、今、當歳《サヨーク》の仔鹿を連れた牝鹿の群れが、草を食み、どす黒い温和《おとな》しい二頭の牡鹿が、牝鹿の世話もせず、食《は》みもせず、哺《ほ》えもせず、瞑想に耽る修道士か何かのように凝《ぢ》っと佇《たたず》んでいるのでした。すると、押し出しは立派ながらも角はない巨きな鹿が、影を落とす樹のほうへ丘の蔭から出てきましたが、鹿の王の威厳を帯びながら頭には角の代わりに小さな瘤の生えたその鹿は、奇異な印象を残しました。この灰目《セールイ・グラーズ》も、山から私の足跡を辿ってきて門の中の私たちのほうを丘の上から瞰《みお》ろしており、私は、この鹿も広　角《ラズヴァーリストゥイ》のように捕まえようと、門をそっと開けて縄を用意し、花鹿を送り出すふうに撫でてから放しました。花鹿は、欣々《いそいそ》と出ていくと、静かに慎ましく窪地の群れのほうへ向かいましたが、灰目は、花鹿を群れの中から逐《お》い出すことは難しいと見て、襲歩《ギャロップ》で横切るように駆けていき、相手の行く手を遮りました。私がこの牡鹿を最後に見てからそんなに経っていませんでしたが、美しかったあの鹿が、今は、全身が泥に塗《まみ》れて擦り切れ、目が充血し、腹筋が引き攣《つ》り、首が間断なき咆哮のために脹れ上がっているのでした。花鹿が、この恐ろしい化け物から遁《のが》れて樹のほうへ駆けていくと、灰目は、後に続き、雌雄は、丘の蔭に消えました。私が笛を取って吹き始めると、花鹿は、それを耳にしたらしく向きを変え、群れが食んで二頭の黒衣の僧が凝っと佇んでいる窪地の縁に現れました。窪地の茂みに行く手を阻《はば》まれなければ、勿論、私のほうへ駆けてきて牡を連れてきたことでしょうが、茂みの中で稍々《やや》もたつき、忽《たちま》ち灰目に追い附かれてしまいました。

……その時、灰目には、私たち人間と同じように、鋭い嗅覚の力に依って生み出された鹿独自の美の形象と云ったものがあったのでしょうか？　否《いや》、灰目には、そんな形象の痕跡のようなものは何も残っておらず、この鹿の目の前にあったのは、美ではなく素晴らしく心地好い生だったと想います。灰目は、牡牛のように宙を舞いましたが、宙には、何もありません！　手に入れたと想いきや何もなかったと云うことは、よくあります！　最後の手段として花鹿が地に臥せると、忽ち、凡てが、美も素晴らしい生も、失われました。灰目は、何もないことが分かると、仰《の》け反《ぞ》って細い聲で啼き始め、警報《サイレン》とは逆に細い啼き聲から咆哮へと移りつつ徐々に低い聲を出し、これを幾度も繰り返すのでした。その啼き聲と咆哮の間には、凡ての牡鹿と同じように不平とも苛立《いらだ》ちとも附かぬ或る音があり、まさにその音こそ、鹿の音楽の濫觴《らんしょう》を解き明かす秘鑰《ひやく》なのでした。私は、自分のことも考えました。慥《たし》かに、私の死のような疼《いた》みも、自分が嘗《かつ》て鹿と同じように美と素晴らしい生を区別できずに素晴らしい生が忽ち失われたことに因《よ》るものであり、それゆえ、私の裡《うち》で、美の感覚は、死のような疼みを伴っているのでした。

私は、もしも自分が鹿の発情期に学者として正しく研究しようとするなら、鹿を自分に照らして理解しないことを前提としたはずです。けれども、私は、自分が凡ての獣と同じようにその荒れ野で散々苦しんでおり、鹿との類縁をそこに感じ、鹿に憐れみを覚え、鹿を同類と感じているのでした。花鹿は、臥《ふ》せり、灰目は、虐《しいた》げられて痩せ衰えて泥に塗《まみ》れて擦《す》り切《き》れて立派な角の代わりに骨と化した瘤を具えた森《タイガー》の王として、その前に佇《たたず》んでいるのでした。

唯一の保身の術が闘いであることは、火を見るよりも瞭《あきら》かでした！　我か彼か、殺《や》るか殺られるか、今は、それだけが問題でした……

牝鹿たちは、相手の胸中を察して憐れむように、挙《こぞ》って窪地から遣《や》って来て、姉妹である花鹿を囲みます。牝の群れ《ハーレム》の王である灰目は、来たるべき素晴らしい生を心待ちにして佇み、早いとこ闘える相手を探しています。一方は六端《ろくたん》の角を持ち、他方は四端の角を持つ、二頭の修道士は、釘附けにされたように佇んだ儘、一歩も前へ進めません。角だけでは何もできないことが、分かっているのでしょうか？　角のない王を見て、奮い立つことができないのでしょうか？　黒背《チェルノスピーンニク》に反角《クルトローギイ》に粧し屋《シチョーゴリ》、更に多くの歴戦の牡鹿たちが、山からこちらへ駆けてくるのを遠くから目にしたのでしょうか？　黒背は、なぜか丘の上の樹の傍《そば》に佇んで近附こうとせず、例のごとく悪魔の術数《たくらみ》か何かを隠しているように見えました。黒背のいる丘と灰目が臍《ほぞ》を固めて佇んでいる窪地の間の長い夷《なだら》かな丘には、見たことのない八頭の色々な牡鹿がいましたが、その八頭を灰目と順繰りに闘わせて後者が凡ての鹿を退けたなら自ら疲憊《ひはい》した相手を攻めて止めを刺すと云うのが、黒背の肚《はら》だったのでしょうか？

灰目は、鼻を皺《しわ》めると、一番手前の鹿に向かって侮《あなど》るような鼻嵐を吹きました。それだけで敵が遁げ出すこともよくありますが、その牡鹿は、角のない鹿の威《おど》しなど何処《どこ》吹く風で、灰目が舌を横へ突き出しても動じず、太々《ふてぶて》しく鼻を皺めました。すると、森の王は、飛ぶように駆け出しましたが、見知らぬ鹿は、遁げ出すどころか、角の生えた頭を下げて向かってきました。未《ま》だ血の気の多い若造であり、灰目の怕《こわ》さを知らなかったのでしょう。灰目は、自分の骨と化した瘤の一撃を額に浴びた相手が前のめりに倒れると、定石通り相手の脇腹の心臓の辺りを強打して肋《あばら》をへし折り、肋の破片が左の肩甲骨の下の致命的な部分を貫通すると、無鉄砲な鹿は、もはや起き上がれませんでした。灰目が、二番手のほうを向いて鼻を皺めると、相手は遁げ出し、舌を出して三番手に向かって突き進むと、相手は遁げ出し、みんなが遁げ去り、黒背だけが残り、灰目が、そちらを向いて鼻を皺めると、黒背も、鼻を皺めて攻め掛かりました。

丘の上のたった一本の樹の傍には、嘗《かつ》て生えていたもう一本の樹の根が残っており、両雄は、その木株の辺りで相見《あいまみ》え、木株に前足を支《か》って額を突き合わせ、永いことその周りを廻っていましたが、どちらも、相手を負かすことができず、周囲には、蹄《ひづめ》で抉《えぐ》られた穴ができているのでした。木株が、強く圧された拍子に捥《も》ぎ取られて遠く脇のほうへ飛んでいくと、両雄は、折り重なるように倒れましたが、その刹那、花鹿が、ひょいと茂みから跳び出し、粧し屋を振り切るように駆けていきました。私が、鹿笛を吹き始めると、花鹿は、真っ直ぐにこちらへ向かい、粧し屋も、後に続き、両雄も、粧し屋に気附いて駆け出し、凡ての牡鹿が、後に続くのでした。鹿の一群が、私の前を通り過ぎて遠い岬の尖《さき》へと駆けていくと、私は、門を鎖すばかりでなく、門に近い柵を検《しら》べて脆《もろ》い部分を補強することもできました。

私は、両雄の闘いが了《お》わる頃に、松《ソスノーヴィエ・スカールィ》岩《や》に遣って来ましたが、私が姿を見せても空砲を鳴らしても、美しい鹿を救うことは、もはやできませんでした。灰目と黒背は、懸崖《けんがい》の突端の礁《かくれいわ》の真上で打ち合っており、灰目は、角があれば、疾《と》うに雌雄を決していたことでしょうが、角がないので、相手の攻撃を躱《かわ》せずに無防備な首をしたたか打たれ、ひどい出血のために前のめりに倒れると、口から血が川のように溢れました。黒背は、相手の脇腹を打って心臓を刺し貫きましたが、その刹那、相手が颯《さ》っと起き上がって最後の力を振り絞って凄《すさ》まじい不意打ちを加えたので、岩から岩へと毬のように跳ねながら礁まで転げ落ちていきました。灰目は、未だ下を覗くことができ、もしかすると、礁の上で永遠に騒《さや》ぐ波の白い頭《かしら》が紅く染まるのを目にすることができたかも知れませんが、ぐらりと揺れてどうと仆《たお》れました。

岩場では、喘《あえ》ぎ聲や落石の音や骨の打《ぶ》つかる乾いた音がしていました。今や、凡ての鹿が私のものでした。

XVI

手懐《てなづ》けた花鹿《ファルゥ》を囮《おとり》に沢山の牡鹿を捕まえて、大きな袋角採取場《パーントィ》を築き始めてから、十年が経ちましたが、友は、来たらず、私は、一人で築いていました。もう一年が過ぎても、私は、一人であり、憩《やす》みもありませんでした。そして、もう一年……。待ち続けていると、何処《どこ》か遠くに住んでいる近しい人を死んだ人のように想い出すようになり、互いに見分けが附かぬほど相貌が変わってしまった時に、不意に再会することになりますが、これは、恐ろしいことです！　身顫《みぶる》いし、蒼褪《あおざ》めて、時が刻んだ痕跡から判断し、漸く聲で分かります。徐々に友と共に過去へ没入し、我知らず誰かを赦すようになり、ずっと気持ちが楽になり、竟《つい》に待ち望んだ出逢いが生まれ、二人の友は、甦りし生の歓喜に充たされて若返ります。私は、生命の根である朝鮮人蔘《ジェニシェーニ》の作用をそのように捉えていますが、根の力が迚《とて》も強いため、永遠に失われた人を他の人に見出だして新たな人を失われた人のように愛し始めることがあり、これも、生命の根である朝鮮人蔘の作用と捉えており、神秘の根のそれ以外の捉え方は、迷信もしくは単なる医学的な捉え方に過ぎないと考えています。一年も二年も友を待つうちに、私は、森《タイガー》の何処かで自分の生命の根が成長していることを忘れるようになり、到頭、悉《すっか》り忘れてしまいました。周りの凡《すべ》てが一変し、ズスへ川の畔りの村は小さな町となり、色々な人が沢山集まりました。私は、莫斯科《モスクヴァー》や上海《シャンハーイ》へ用事でよく出掛けますが、森にいる時よりもこれらの都会の通りにいる時のほうが生命の根を頻《しき》りに想い出し、新しい文化の凡ての担い手と共にこんなことを感じています。生命の根は、自然の森から私たちの創造の自然へ移り、私たちの藝術や化学や有用な営為の森に於ける生命の根の探し手は、自然の森に於《お》ける残存種の根の探し手よりも目標に近い、と。

仕事は、私を強く惹き附け、勿論、私を愁《うれ》いから救ってくれますが、男としての私の孤独は、竟《つい》に畢《お》わりを迎えます。私たちは、出逢っても、巧く言葉が出ません。そこには、嘗《かつ》てあの女がそこに坐って波や颱風があちらこちらの枝に吊り下げた海胆《うに》の可愛い小匣《こばこ》を集めていた流木がありました。

ズスヘ川は、この流木にどっさり沙《すな》を被せており、花の鹿が女に身を変えた場所も、ほんの微かな片鱗からやっとそれと分かるのでした。私たちは、大洋の白い透かし模様《レース》で縁取られたその汀《みぎわ》に黙然と佇《たたず》んでいました。貝や海胆や海星《ひとで》と共に、悠久なる時の律動に身を任せて、自身の人間の振り子の短い拍子を捉えながら。

山は、何と迅《すみ》やかに崩れることでしょう！　そこには、嘗《かつ》て岩があり、鹿や狸や赤鹿《イジューブル》が、それを潜《くぐ》って海の岸や塩の水へ向かい、私たちも、獣と同じ径を通りましたが、その岩は、颱風で崩れ、その径は、散らばる石を迂回しています。紙の窓のルゥヴェンの房子《ファーンザ》があった場所には、伊太利亜《イタリヤ》風の広い窓を持つ大きな研究所が立っています。霧山《トゥマーンナヤ・ゴラー》を分断する数粁《キロメートル》の亜鉛鍍金《めっき》の金網を備えた大きな袋角採取場には、年経《ふ》る鹿が少しいるだけですが、花鹿は、家畜のように気儘にあちらこちらをぶらついています。

私たちは、巨きな松《ケードル》の下にあるルゥヴェンの墓を訪《おとな》いました。中国人たちは、儀式を営んだり紙の蠟燭を灯したりするための小さな祠を、樹の中に拵《こしら》えました。私は、掛け替えのない人を偲《しの》んであれこれ語るうちに、鳴谷《ペーフチャヤ・ドリーナ》の近くの何処《どこ》かに生えている私の根である朝鮮人蔘を想い出しました。その朝鮮人蔘を見たくない訣《わけ》がありましょうか？　私たちは、何時《いつ》か見出だされたその根を捜しに行きました。

私は、勿論、ルゥヴェンの残した印しを疾《と》うに忘れてしまいましたが、鳴谷を目指すには七頂渓谷《セミヴェルシーンナヤ・パーヂ》を通って第三熊峡谷《トレーチイ・メドヴェーヂイ・ラスパードク》へ向かうと云うことは知っており、私たちは、その渓谷を通ってその峡谷の頂きへ上りました。鳴谷は、鳥の囀《さえず》りや巨樹の疎林や大きな葉洩れ日など、凡《すべ》てが當時の儘でしたが、私たちは、この谷から陰性の草の生えた密林へと太古の段丘を下りる際に道に迷い、嘗《かつ》て私とルゥヴェンが永らく無言で坐っていた場所を暫《しばら》く捜し倦《あぐ》ねていました。

私には、昼よりも夜のほうが忘れた場所がよく見附かると云うことが幾度もありました。過去に自分に生じた何かの問題を自身の中に見出だしてひょいと茸《きのこ》の濃い匂いを嗅ぐと、その問題が生じた時にもそんな匂いがしていたのでこれは何処《どこ》かその辺にあるはずだと感じ、自分の周りに目を凝らして想い出すのです。私たちが勘を頼りに竟《つい》にその場所に達し、二人の静かな語らいが歇《や》むと、不意に小川からこんな聲が聞こえました。

「語れ《ゴヴォリーチェ》、語れ、語れ！」

すると、鳴谷の凡ての楽士と生き物が、歌い奏で始め、凡ての生きた静寂が、劈《ひら》かれて呼び掛けるのでした。

「語れ、語れ、語れ！」

それから、私は、嘗てルゥヴェンと共にそれを伝って小川の向こう岸へ渡った自生の林《りん》檎《ご》の幹を目にし、凡てを隈なく想い出しました。私たちは、嘗て私とルゥヴェンが跪《ひざまず》いて彼が祈って私が物想いに耽った場所で足を止め、陰性の草を用心深く手で掻き分けていました。二人とも、胸躍らせて夢中で作業をしていたため、若干のぎこちなさも霧消し、忽《たちま》ち距離が縮まり、ひょいと朝鮮人蔘を目にしました！　それから、私は、ずっと以前に満洲人たちの許で見たものと肖《そっく》りな小匣《こばこ》を松《ケードル》の樹皮で永いこと掛かって拵え、私たちは、松の樹皮を靭皮で縫い合わせました。鬚《ひげ》根《ね》を一本も瑕《きず》附けないように慎重に根を掘り出しましたが、その根は、私があの時に満洲人たちの許で見たものと肖《そっく》りで、裸の人の貌《かたち》をしており、手も足もあり、手には指のような鬚根があり、首も頭もあり、頭にはお下げ髪もあるのでした。私たちは、根が生えていた土を小匣へ詰め、細心に根をそこへ寝かせると、嘗て私とルゥヴェンが坐っていた場所へ戻り、生きた静寂に耳を澄ましながら、無言で想い想いのことを考えていました。

私たちは、何時《いっ》までもそうやって知らん振りをして黙って坐ってばかりもいられず、小川では、こんな聲がし始めました。

「語れ、語れ、語れ！」

鳴谷の楽士たちが、奏で始め、私たちは、悉《すっか》り心が通じ合いました。

私は、打ち明けたくはないのですが、語るからには、最後まで語らなくてはなりません。私の許へ遣《や》って来たのは、あの女ではありませんでしたが、生命の根の力は、迚《とて》も大きいので、私は、その女に自分の存在を見出だし、青春時代の戀人のような別の女を好きになりました。私には、人が自己を脱して他者の裡《うち》で自己に拓《ひら》かれるための生命の根の創造力は、まさにそこにある、と想われます。

今、私には、自分で創始して自分を永遠に魅了して自分をそこに感じる仕事があり、愛を繞《めぐ》る今風で切実な慾求と知識で身を鎧《よろ》うかのような私たちは、野生動物の馴化《じゅんか》と云う文化の黎明に未開の祖先が従事した仕事へ復帰しています。私は、日夜、私がルゥヴェンから借用した骨肉の情《ローツトヴェンノエ・ヴニマーニエ》の力と現代の知の方途《メソッド》を一つにする凡《あら》ゆる契機を探っており、そんな魅力的な仕事を有しており、友である妻や可愛い子供たちもおり、他の人たちの暮らしと比べるなら、自分を世界一の果報者の一人と看做すことができます。けれども、また繰り返しますが、語るからには、最後まで語らなくてはなりません！　私の生には、一つの瑣事《さじ》があり、それは、傍《はた》から見れば、私の生そのものの道行きに何の影響も及ぼさないものかも知れませんが、私には、時折り、その瑣事が、鹿の角の生え替わりにも似た生の創造の水端《みずはな》であるように想えます。毎年、鹿が老い朽ちて骨と化した角を振り落とす霧の春には、私の許でも、鹿と同じように更生のようなことが起こります。私は、幾日か、実験室でも図書館でも仕事が手に附かず、幸福な家庭に於《お》いても憩いや安寧を見出だしません。鋭い疼《いた》みや愁いを伴う何やら盲目的な力が、私を家の外へ逐《お》い立て、私は、森や山を彷徨《さまよ》い、竟《つい》には、水分が涙嚢《るいのう》から溢れるように幾多の割れ目から溢れて大きな雫となる岩へ至るのですが、その岩は、永遠に涕《な》いているかに想われます。それは、人ではなく石であり、石に感覚のないことはよく分かっていますが、私は、それと心が一つに融け合ってそれの何処《どこ》かで拍《う》つ音がするのを耳にすると、過去を振り返り、青春時代の自分と肖《そっく》りになるのです。花鹿が、私の目の前で葡萄の天幕へ蹄《ひづめ》を突っ込み、過去全体が、過去の凡ての疼みを伴って現れると、私は、何一つ手に入れなかったかのように、自分の真の友である岩の心臓へ聲に出して語り掛けます。

「猟人、猟人、お前は、なぜ、あの時、その蹄を摑まなかった！」

どうやら、私は、この悩ましい日々に、鹿が自分の角を振り落とすように、創り出された凡《すべ》てのものを自分から振り落とし、それから、家庭や実験室へ戻り、また有名無名の他の働き手たちと共に仕事を始め、地上の人々の新たなより善き生の創造の夜明け前の刻限へ徐々に足を踏《ふ》み入れているようです。

1932

訳者あとがき

作家について

ミハイール・ミハーイロヴィチ・プリーシヴィン Михаил Михайлович Пришвин（一八七三～一九五四）は、一八七三年二月四日（旧暦一月二十三日）、露西亜《ロシヤ》帝国オリョール県（現リーペツク州）エレーツ郡ソロヴィヨーフスカヤ郷フルシチョーヴォ・リョーフシノ村の商家に生まれました。父ミハイール・ドミートリエヴィチは、骨牌《カルタ》に負けて領地を抵當《かた》に取られた儘、作家が七歳の時に他界しますが、気丈な母マリーヤ・イヴァーノヴナが、家運を盛り返し、五人の子供（一女四男）を立派に育てました。

地元の初等学校を卒業し、一八八三年よりエレーツ古典中学校《ギムナージヤ》で学ぶものの、四年生の時に地理の教師（後の著名な思想者ヴァシーリイ・ローザノフ）への非礼《チェールゾスチ》のために放校となります。

西比利亜《シベリヤ》西部のチュメーニ市の実業家の伯父イヴァーン・イグナートフの許へ移り、チュメーニ実科中学校で六年生を修了します。

一八九三年、ラトヴィヤのリーガ総合技術学校の化学部の化学・農学科へ入学します。

一八九七年、マルクス主義サークルへの参加および革命運動のために逮捕され、一年間、ミタウの刑務所に収監され、二年間、エレーツ市へ追放されます。

一九〇〇年、独逸《ドイツ》へ赴き、一九〇二年、ライプツィヒ大学の哲学部の農学科を卒業し、土地整理技師の学位証書を携えて露西亜へ帰国した後、一九〇二年から一九〇五年まで、トゥーラ県で、その後、莫斯科《モスクヴァー》県で、農業技師として働き、農業に関する幾つかの著作や論文を発表しました。その後、『ルースキエ・ヴェードモスチ（露西亜報知）』、『レーチ（言葉）』、『ウートロ・ロシーイ（露西亜の朝）』、『ヂェーニ（日）』などの新聞で、記者として働きます。

一九〇六年、文學上の処女作である児童向けの短篇「サショーク」が、雑誌『ロドニーク（泉）』に発表され、翌年、北方《セーヴェル》の自然や生活や言葉を題材とする紀行文を纏めた最初の著書『人怖ぢしない鳥たちの国で』（一九〇七年）が、刊行されます。作家は、この本に依り、名を馳せ、帝室地理学協会の銀章を授けられました。次作の「魔法の丸麵麭《パン》を追って」（一九〇八年）は、ムールマンスク地方およびノルウェイへの旅の果実でした。一九〇八年には、奥ヴォールガを旅し、この旅については、「見えざる城市の辺《ほと》りで」（一九〇八年）に綴られました。クリミヤやカザフスターンへの旅の後には、「アダムとイヴ」（一九〇九年）と「黒いアラブ人」（一九一〇年）が書かれました。作家は、次第に文壇の注目を浴び、アレクセーイ・レーミゾフ、ドミートリイ・メレジコーフスキイ、マクシーム・ゴーリキイ、アレクセーイ・トルストーイらと親交を結び、最初の三巻の作品集が、ゴーリキイの後ろ盾で一九一二年から翌々年に懸けて出版所「ズナーニエ（知識）」から刊行されました。

第一次世界大戦中には、衛生兵そして色々な定期刊行物の従軍記者として前線へ赴きます。一九一七年の十月革命後は、エレーツやスモレーンスク県や莫斯科《モスクヴァー》郊外で暮らし、教育活動に従事し、狩猟や郷土研究に携わりました。

一九二〇年代には、数々の児童向けや狩猟ものの短篇を書き、それらは、後に好評を博した著書『自然の暦』に収められました。一九二二年、トヴェーリ県タールドム市へ移ります。一九二三年、最晩年に完成した自伝的長篇「カシチェーイの鎖」の執筆が、始まります。

一九三〇年代には、ソ連各地を旺《さか》んに旅し、そこから、将来の作品の主題や着想を汲み上げました。極東や極北そしてコストロマー州やヤロスラーヴリ州などの中部露西亜を訪《おとな》い、「朝鮮人蔘《ジェニシェーニ》」（元の題は「生命の根《コーレニ・ジーズニ》」、一九三三年）や「裸の春」（一九四〇年）を書きました。

生前に発表された作品の殆んどは、自然との交感から得られた印象を綴ったものです。プリーシヴィンは、作家のコンスタンチーン・パウストーフスキイがこの作家を「露西亜の自然の歌い手」と称《よ》んだように、森羅万象をこの上なく美しい言の葉で活写することができるのでした。どの作品も、母国の自然や市井の人々への深い愛情に、そして、自然と人間の共存と云う独自の詩学《ポエーチカ》に、貫かれており、後期の作品では、民話的および民俗的な主題《モチーフ》が、物語りに織り込まれています。また、「狐の麵麭」（一九三九年）や「太陽の倉」（一九四五年）と云った児童向けの短篇や中篇も、よく知られています。尚、一九〇五年より生涯を通じて綴られる厖大な日記は、極めて貴重であり、そこには、絶えざる自己との闘いや世界に於ける自身の位置附けや国や社会や時代を繞《めぐ》る考察の痕が、刻まれています。

二度、妻帯し、最初の妻である農婦のエフロシーニヤとの間には、三人の子供がありました。一九四〇年、ヴァレーリヤ・リオルコと再婚し、一九四一年、第二次世界大戦が勃こると、ヤロスラーヴリ州のペレスラーヴリ・ザレースキイ郊外のウソーリエ村へ疎開し、一九四三年、莫斯科《モスクヴァー》へ戻り、「ファツェーリヤ」（一九四〇年）と「森の雫」（一九四〇年）が、出版所「ソヴェーツキイ・ピサーチェリ（ソ連の作家）」から刊行されました。その大戦中には、「レニングラードの子供たちについての短篇集」（一九四三年）と「現代の中篇小説」（一九四五年）が、執筆されています。一九四六年、作家は、莫斯科州ドゥーニノ村に家を買い、一九四六年より一九五三年まで春から秋をそこで過ごし、その別荘は、現在、プリーシヴィン文學記念館《ムゼーイ》となっています。ヴァレーリヤは、作家の忠実な伴侶となり、夫の歿後には、その資料の整理に當たり、この記念館の館長を務めました。作家は、一九五四年一月十六日に莫斯科で胃癌のために満八十歳で逝去し、市内のヴヴェヂェーンスコエ墓地に葬られました。二〇一四年、セールギエフ・ポサードに、作家の銅像が建立され、翌年の作家の誕辰に、その除幕が行われました。尚、莫斯科の通りや小惑星には、この作家の名が冠されています。

作品について

私が「朝鮮人蔘《ジェニシェーニ》」Женьшень と云うこの作品の名を識ったのは、三十年前の秋に露西亜へ渡る頃に、何かの辞典か事典で、安井亮平先生が執筆されたプリーシヴィンの項を披《ひら》いた時だったような気がします。その後、作品に触れる機会はなかったものの、その名は頭の片隅に残り、二〇一一年に日本へ帰国する際に貧しい蔵書を処分するために何度も足を運んでいたハバーロフスクで唯一軒の古書店で、一九八七年に地元の出版所から刊行された美しい挿し絵入りのこの作品の単行本と出逢いました。そして、帰国してから、何度か翻訳を試みたものの、私には可成り難解であり、挫折を繰り返すばかりでした。

この作品については、帰国後に、安井先生からお電話を戴いた折りに、一寸《ちょっと》お話しを伺ったことがあり、二〇一三年の師走に、詩人で露西亜文學者の太田正一さんと初めてお会いし、大宮の喫茶店で珈琲をご馳走になりながら歓談した際にも、話柄に上りました。その時、太田さんは、ご著書の『プリーシヴィンの森の手帖』（二〇〇九年、成文社）をご恵贈くださり、私は、上梓されてほどない拙訳のフセーヴォロド・シソーエフ著『森のスケッチ』（二〇一三年、未知谷）を献呈いたしました。太田さんは、二〇一八年の弥生に他界されましたが、私は、太田さんを偲びつつ、ご著書やご編訳書を埼玉県内の公共図書館を利用して読み継いでいきました。私の余生日記には、その読書の過程で書き抜いたこの作品に関する次のような言葉が、残っています。

「プリーシヴィンの創作の頂点とも言うべき『チョウセンニンジン』が単行本として出る。『クラースナヤ・ノーフィ』誌に発表された（元の題は『生命の根』）。」（ミハイル・プリーシヴィン著・太田正一編訳『巡礼ロシア―その聖なる異端のふところへ』一九九四年、平凡社、四二〇頁）

「ステップを舞台にしたプリーシヴィンの中編小説が『黒いアラブ人』、極東を描いたのが同じく中編の『チョウセンニンジン』です。後者は地球上の主要な民族言語に翻訳されています。」（ミハイル・プリーシヴィン著・太田正一編訳『森のしずく』一九九三年、パピルス、二八頁）

「この作家についての彼女の知識は、極東の密林を舞台に繰り広げられる不思議な精神世界を描いた中編『チョウセンニンジン』（一九三三）と、連作エッセイ『自然の暦』（一九三二。邦訳『ロシアの自然誌』）の、おそらく「春」の出だしの一部だけだった。」（ミハイル・プリーシヴィン著・太田正一編訳『プリーシヴィンの日記』二〇一八年、成文社、三頁）

「自分はなんといっても『自然誌』が好きで、小説は『チョウセンニンジン』、そしてその理由を縷々《るる》述べたように思うが、よく憶えていない。」（太田正一著『森のロシア 野のロシア――母なる大地の地下水脈から』二〇〇七年、群像社、一四六頁）

「アルセーニエフの死の翌年（一九三二）、プリーシヴィンは「イズヴェスチヤ」紙から派遣されて極東地方へと旅立った。その成果である『チョウセンニンジン』は一九三三年に雑誌に発表された。そうして、今なぜかわたしは、それを日本語にする作業に取り組んでいる。」（同、二七八頁）

気が附くと、私は、抛っておいた「朝鮮人蔘」の翻訳を始めているのでした。まるで、太田さんにそっと背中を押していただいたかのように。私の余生日記には、「太田さんから襷《たすき》を繋《つな》いで『朝鮮人蔘』。プリーシヴィンのリレー。」と云う言葉も、記されています。この小説では、露西亜極東の沿海地方の美しい野山や岸辺を背景に孤独な主人公の妙なる精神世界が描かれており、時間を超越したその抒情的で哲学的な独白を訳していると、ふと森敦の「月山」が想い出されることもありました。

再開された翻訳は、今年の春に了わりました。そして、久々の上京の折りに早稲田でブブノヴァさんの絵画展を観た後でふらりと未知谷さんへ立ち寄り、奥の一隅で烟草《たばこ》を喫《の》みながら社主の飯島さんと四方山話しをさせていただき、そろそろお暇しようとした時に「朝鮮人蔘」のことをお話ししたところ、興味を示してくださいました。そこで、一夏、推敲に明け暮れ、蟲の集《すだ》く頃に、十回目の推敲が了わり、それをご覧いただき、出版の運びとなったのでした。私にとって、これは、奇蹟に他なりません。

言葉について

一頭の蝶をゴッホとセザンヌが描いても、異なる趣きになりましょうし、同じゴーゴリの短篇を平井肇と中山省三郎が訳しても、異なる風合いになりましょう。

私は、三十年前の秋に露西亜へ渡り、国営放送局で翻訳員兼アナウンサーの職に就きましたが、ラヂオの仕事をしている時には、聞いて分かり易い翻訳と発音を心掛けていました。けれども、八年前に帰国し、閑に飽かして懐かしい日本語の本を読み漁っているうちに、言葉は、声に出して耳で味わうものであると同時に、声に出さずに目で愉しめるものでもある、と云うことに気附きました。

更に、最近の日本語の文章は、卒《そつ》はないものの平板に感じられることがあり、何となく淋しさを覚えるようにもなりました。そして、嘗《かつ》ての文學の馥《かお》りは何処へ行ってしまったのだろう、言葉の魅力や漢字の可能性が眠っているのではなかろうか、などと愚考しているうちに、何時しか、貧しい自分の語彙を少しでも増しにするために、寝転がって本を読んでいて未知の言葉や素的な言葉に出逢った時には、枕辺に束ねておいた紙片にそれらを鉛筆で書き留めるようになり、駄文を綴ったり訳語を紡いだりする際には、それらを用いてみるようになりました。

森鷗外、中島敦、堀辰雄、中勘助、太宰治、井伏鱒二、永井荷風、石川啄木、吉田一穂、宮澤賢治、中原中也、林芙美子、二葉亭四迷、谷崎潤一郎……。泉下の作家や詩人たちが遺してくれた韶《うつく》しい言葉が忘れられていくのは、余りにも哀しく、勿体ないと想います。

或る時、露文の友人に自分の想いを伝えると、翻訳には新しいも旧いもありません、好い翻訳とそうでない翻訳があるだけです、と云う返信があり、意を強くしたことでした。因みに、日本正教会の新約聖書の翻訳は、旧いものの美事としか云いようがありません。

翻訳は、画家が画布に一筆一筆色を褶《かさ》ねていく作業に似ている、と感じることがあります。そして、筆致や作風は、創り手に拠って千差万別であり、そこに、藝術の自由さや鷹揚さがあるような気がします。翻訳は、工藝であり、ルビは、文化であり、句読点は、呼吸であり、言葉は、命である、そんな譬喩《ひゆ》も、泛《う》かんできます。それから、露西亜の映像作家ユーリイ・ノルシテーインは、数分の映像を制作するのに、何年もの時間を費やしている、そんな話しを耳にしたことがありますが、私は、翻訳をする際には、何時もそれを想い出し、時間や手間を掛けた分だけ、好いものが生まれる筈なのだから、時間を惜しむことはない、などと自分に云い聞かせています。

尚、句読点については、セルゲイ・ドヴラートフ著・沼野充義訳『わが家の人びと』（一九九七年、成文社）で、こんな言葉に出逢いました。「句読点の打ち方というものは、作家の一人一人が独自に考案するものなのだ。」（「マーラおばさん」より）

亦、作家で詩人の多和田葉子さんは、昨秋に上梓された拙著『雪とインク　アムールの風に吹かれて 1989 ~ 2011』（二〇一八年、未知谷）について、次のようなコメントを寄せてくださいました。「この本を読んでいてまず感じたのは、ひとつひとつの単語を広大な原野の静寂が包んでいることだった。ゴーゴリなどロシア文学の古い翻訳を学生時代たくさん読んだことを思い出した。戦前の訳者たちは未知の文学を日本語の中に取り入れるために、忘れられかけた濃厚で艶のある漢字を掘り出してきてルビを巧みに使い、時間的にも地理的にも重層的、多言語的な優れたテキストを作り上げていた。そんな日本語が一九七〇年代から八〇年代にかけて早稲田大学でロシア語を学んだわたしたちの世代の原点にあるのかもしれず、島国では色褪せていったその記憶をひとり大陸で熟成させ、磨き上げ、今の時代に持ち帰り、魅力的な鉱石として提示してきたこの本に心から感謝したい。」（早稲田大学ロシア文学会『ロシア文化研究』第二十六号、二〇一九年）

どうやら、愚生は、頼りない感性と云う一振りの繊《ほそ》い杖に縋って、一足一足歩んでいくしかないようです。命のあるうちに、あと幾つ翻訳できるか、分かりませんが、毎回、これが本になったら、以て瞑すべし、と想っています。

本書を編輯そして出版してくださった未知谷の飯島徹さん、翻訳を援けてくださったエカチェリーナ・メシチェリャコーヴァさん、そして、この本をお読みくださった凡ての方に、心から感謝しております。有り難うございました。

二〇一九年秋　武州白岡の寓居にて

岡田和也

ミハイール・プリーシヴィン　Михаил Михайлович Пришвин

1873年、露西亜西部のオリョール県（現リーペツク州）の商家に生まれ、早くに父を亡くす。中学を放校になった後、革命運動で逮捕、投獄（1年）、流刑（2年）。独逸のライプツィヒ大学で農学を学ぶ。1907年、「人怖ぢしない鳥たちの国で」、翌年、「魔法の丸麵麭を追って」を発表し、作家活動へ。各地を放浪し、多くの紀行文（オーチェルク）、童話、小説、随想を執筆。「露西亜の自然の歌い手」と称され、自然を骨肉の目で捉える作品は、万物への愛と共生の詩学に貫かれている。1954年、モスクヴァで逝去。「鶴の里」「狐の麵麭」「自然の暦」「太陽の目」「太陽の倉」「朝鮮人蔘」「アダムとイヴ」「黒いアラブ人」「ファツェーリヤ」「カシチェーイの鎖」「ベレンヂェーイの泉」「見えざる城市の辺りで」などの作品の他、半世紀に亙る厖大な日記がある。邦訳に、『裸の春 ― 1938年のヴォルガ紀行』（群像社）、『巡礼ロシア ― その聖なる異端のふところへ』（平凡社）、『森のしずく』『ロシアの自然誌 ― 森の詩人の生物気候学』（共にパピルス）、『森と水と日の照る夜 ― セーヴェル民俗紀行』『プリーシヴィンの森の手帖』『プリーシヴィンの日記 1914 ― 1917』（以上成文社）、いづれも太田正一訳。

おかだかずや

1961年浦和市生まれ。早稲田大学露文科卒。元ロシア国営放送会社「ロシアの声」ハバーロフスク支局員。元新聞「ロシースカヤ・ガゼータ（ロシア新聞）」翻訳員。著書に『雪とインク』（未知谷）。訳書に、シソーエフ著／パヴリーシン画『黄金の虎　リーグマ』（新読書社）、ヴルブレーフスキイ著／ホロドーク画『ハバロフスク漫ろ歩き』（リオチープ社）、アルセーニエフ著／パヴリーシン画『森の人　デルス・ウザラー』（群像社）、シソーエフ著／森田あずみ絵『ツキノワグマ物語』『森のなかまたち』『猟人たちの四季』『北のジャングルで』『森のスケッチ』、レペトゥーヒン著／きたやまようこ絵『ヘフツィール物語』（以上未知谷）がある。

朝鮮人蔘

2019年12月10日初版印刷
2019年12月25日初版発行

著者　ミハイール・プリーシヴィン
訳者　岡田和也
発行者　飯島徹
発行所　未知谷
東京都千代田区神田猿楽町 2-5-9　〒 101-0064
Tel. 03-5281-3751 / Fax. 03-5281-3752
［振替］　00130-4-653627

組版　柏木薫
印刷所　ディグ
製本所　難波製本

Publisher Michitani Co, Ltd., Tokyo
Printed in Japan
ISBN 978-4-89642-594-9　C0097